浦睿文化　出品

无名的
道路

〔日〕赤木明登 / 著

蕾克 / 译

湖南美术出版社

目录

前言

接下来我要说的事，还没有名字。

它们早已开始，很多人早已有感知，但不知该如何命名。既然无名，那么或许该命名，又或许在这个时代里，已经没有这个必要了。

我的心因此左右摇摆着。如果我给它们起名，那么所有人都会觉得自己懂了，我担心的是，在"懂"的那个瞬间，所有看不见却一直确实存在着的鲜活的东西会如烟云一样散去。所以，还是不要起名字了吧。

比如和器物有关的事情。我走上做物之路，可以说是偶然，同时也是必然，然后才逐渐理解。

下面，我想说很多关于器物的事，但我想表达的并非器物本身，而是围绕于器物内外的一些散漫想法。

大约 10 年前，我曾以开玩笑的口气说："我做的漆器，皆非原创，这一点是我最自豪的。"结果换来了苛刻的眼神，虽然睥睨我的人不多，却并非没有。比如一些自负为"工艺家"和"艺术家"的人。我没有争论，只是微笑，渐渐地，用苛刻眼神看我的人消失了。

我做的器物，形状基本都来自古物。那些古物出于种种因缘流转到我手上，我将它们复制了，做出成百上千上万的新碗。我渐渐觉得，也许不是我在做碗，而是古碗拥有了自由意志，操纵着我的肉体，在自身繁殖。若真是如此，我欣然接受。

手中的碗虽然确实是我亲手制作，但其中不必有"我"。通过溯回到过去，我让自己消失了。小我消失后，碗就成为一个更大更深远的存在。如此做出来的器物，成为生活道具，侍奉于人们的生活，日日被使用，渐渐被磨损而去。经历磨损和丧失，它们成为了永恒。

构思创造出新技术技法的人更受尊重，在作品中张扬人性的艺术家更被关注，这是至今为止手工制作世界的主流价值观。但是如果用历史的眼光看，"现在"不过是一段短小插曲。我认为，在传统的世界里，个人的作品并不是什么重要的存在。

我们每个人都在寻找并不存在的"自我"，同时试图主张自我，想借此相信"自我"是存在的。这样太累，现今时代里，何不轻松一点。

这本书写的是 2007 年到 2011 年间发生在我身边的小事。

几年里世界发生了剧变。变化的不仅是政治、经济和自然环境，而且是更根本的东西。夸张点说也许晦涩难懂，那就是人的活法、对如何生活的困惑等意识正在发生流动。走到死路上的政治和停滞不前的经济确实令人烦恼，但根本性的变化，而且是朝好的方面发生的变化，正在日常的消失中崭露头角。现在，我从这些变化中看到了希望。一个新时代正在开始。

现在我能做的，只有一件事。

那就是从今以后一直将漆做下去。最近很少一边听音乐一边干活了，广播也很少听，也不闲聊了。我闭口不言，但一直在对话，在和我内心的某样东西对话。我愿意通过对话，安静地降落到自己心底的最深处。

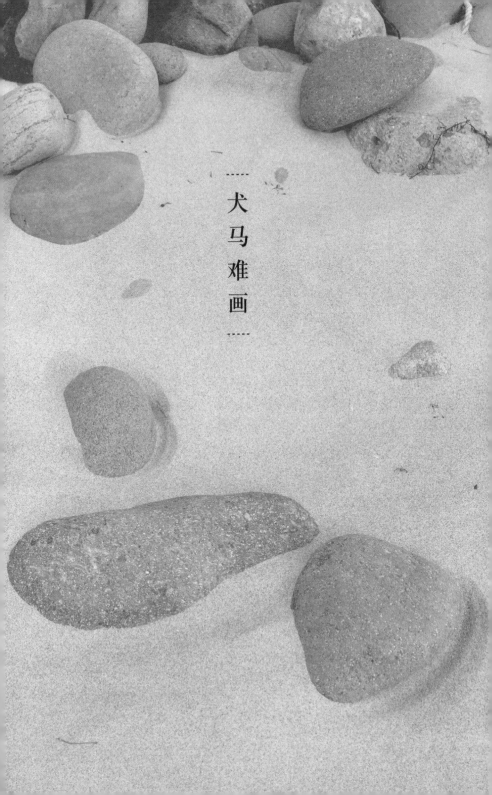

犬马难画

松田正平居住的街道

2007年年末，离新年还有10天的时候，我像暂时从年末繁忙中逃离一般，搭乘飞机来到了山口县宇部机场。我在这一年的最后一场作品展示会将在这里举行。小雨中，我看到和飞机跑道并列着的不是飞机，而是渔船。宇部机场是濑户内海边填海造出来的，毗邻一个小渔港。飞机降落时，我看到机场边缘紧挨市区，中间有一条水路相隔，视野尽头，巨大工厂的轮廓消散在一片朦胧细雨里。我从机场坐上出租车，路程之短，似乎一眨眼就到了目的地。

再没有哪里比如今地方城市的商店街更萧条寂寞了。说起商店街，人们回想起的是昭和时代古旧廊街上人来人往、热闹喧嚣的好时光，而现在我看到的，是四处铁门紧闭、寂寥少人行的景象。在此当中，有一家看起来门可罗雀的画廊还开着。

走进新天町商店街入口时，我想这里也就不过如此了，但随即发现状况和想象中不太一样。自行车相会的瞬间，骑车的老爷子打起招呼来中气十足，商店街中段的鲜鱼店柜台前，提着购物篮子的主妇们忙着挑拣选择，看起来也生气勃勃。从大路拐入小巷，有家看不出是否在营业的茶馆，比起现今流行的精致有情调的咖啡馆或咖啡连锁店，这种茶馆就像是时代大潮冲刷后的残留品，令人回想起旧日时光，不想竟被我找到了。这种寂寥其实还不错。隔着门窗窥看店内，我以为不会有顾客光顾，谁知里面坐满了人，似乎都是常客。原以为这里喝不到好咖啡，打算解渴休息片刻就转去画廊，没想到咖啡滋味真不错。

"明登啊，听说宇部有好吃的河豚，年末我们去一趟吧？宇部可是个好地方！"

被这一句话诱惑着，我专程从北陆能登飞到东京羽田，再转机飞来了宇部。拿河豚诱惑我的，是我的盟友，漆艺工匠福田敏雄。

商店街的外围有一家平价超市，我进去逛了一圈鱼柜，鱼的种类真不少，既有濑户内海的鲜鱼，也有来自日本海的，有些鱼和贝我从未见过，叫不出名字。嚯，这里卖的河豚既有新鲜的，也有切好的鱼片，可以直接下锅。宇部港前，广阔的周防滩从关门海峡一直延伸到日本海。

"看了这些，我都盼着赶快到晚上了！"我说。

"哈哈，昨晚的比目鱼可好吃了！我吃得别提多舒坦了。"

福田比我早到一天，一提起前日吃到的鱼，他就忍不住炫耀一番。

我和福田联手在福永画廊里举办作品展，画廊里已经摆好了我们两人的作品，各种漆碗、食盒等。不久迎来了第一组客人。

"啊，这位是赤木。"

福田在这里举办过几次展卖会，而我是第一次来，他把我介绍给熟客。客人看上去像是一对母女，简单地自我介绍说她们姓松田。福

松田正平《四国犬》

1979 年 ｜ 油彩、帆布 ｜ 41.3 厘米 ×53.5 厘米

永画廊中央摆放着待客洽谈用的桌椅，桌上叠放着的是松田正平的书画集。

我完全没想起来，原来松田正平先生家就在这里。

据说，松田先生经常光脚穿着长靴，骑着自行车悠闲地来到商店街，和画廊主人福永先生下几盘围棋，又自在地离开。

风景中见风景

　　我第一次近距离看到松田正平先生的画作，已经是很久以前的事了。那也是在山口县，周南市。

　　那是一幅很大的油彩画，挂在"画廊绽景花"主人私宅的墙上，淡淡的蓝色和粉色色调描绘出风和日丽的濑户内海风景，笔触肌理之美，难以言喻。

　　站在画前，我想起了我心中的大海，那是我在故乡冈山县看到的濑户内海，没有风浪，一片宁静。在那样的海岸风景中，我看到了自己。我坐在岸边高崖上，任海风吹过面颊，久久地眺望大海，天气晴朗，让人身心爽快，只如此置身于海岸，心里便满溢着幸福感。我看着画，心中展开着一面大海，海边有另一个我。风景里的我心中充满着风景，慢慢地，我与海的界线消失了，究竟是人在风景里，还是大海在人心中，我也分辨不清了。松田先生的画便是有着如此的魅力。看到这幅画的那一刻，我身体里有一种感觉忽然苏醒了。

定居轮岛的第6年，

在结束了轮岛漆器学徒为期4年的上底漆活计，

又做了1年的无薪报恩工作后，

这一年春天，我出师独立了。

这6年里，我反复问自己，

究竟为什么来到轮岛，为什么选择漆艺？

说实话，当初来到轮岛，全凭一股直觉，

我心里并没有明确答案。

之后花了很长时间我才想清楚，

那就是，为了全心全意地做自己，做好自己，就这么简单。

说来也许前后矛盾，

对我来说，做东西，

就是想尽方法让"自己"消失，

让被执念束缚的小我消失殆尽。

消除小我后，进入无心状态，

或者说，进入毫无人为造作之心的境界后，

美才会翩然而至。

有时我坐在微暗的房间里，从清晨开始默默工作，

一遍遍重复着单调工序，

黄昏将至时，猛然从工作中醒过神来，

会被一种幸福感压倒，几近落泪。

我想，这种工作如果能一直做下去，该有多好。

这是我在1994年第一次举办个人作品展时，写在宣传画页上的话。

松田正平《周防滩》

1982 年｜油彩、帆布｜33.1 厘米 ×45.8 厘米

用自己的手，加工自然，做出器物。自己、自我、自身，无论用
哪种称呼 —— 这些在工作时消失不见的感觉，在看着松田先生的画时
苏醒了。自那之后，每当我看到松田正平先生的画作，都有同样感受，
心旷神怡。

在绘画的世界里，松田先生地位怎样，被如何评价，我都不感兴趣。
我只是觉得，这样一位默默作画，进入无我境界的世外高人，竟同时充

满着市井人情味儿。对我这样的无名后辈来说，他是人生前辈，能和他活在同一个时代，我无比欣喜。正平先生就是我心目中理想的手艺人，他的绘画生涯，和我憧憬的做物态度非常接近，令人倍感亲切。

上野不忍池沿岸的小街上，有一家卖黄杨木梳的店。

关东大地震引发的火灾没有延烧到那一带，所以那里还残存着江户和明治时代的旧模样，到了夏天，牵牛花攀附缠绕，遍地开放。

昭和七年至八年间（1932－1933），做黄杨木梳的老工匠对背着绘画工具箱的学生说了这么一番话：

"直到我干到现在这把年纪，才慢慢不再有顾客挑刺儿了。"

"我干这行已经50年了啦。"

当时我觉得，自己从学校毕业，花个四五年时间就能以画画谋生，老工匠说的只是手艺人世界里的事，和我无关，所以没把他的话放在心上。

如今回望自己在那之后的经历，真是一身冷汗不堪回首。50年早已过去，我依旧手艺不精，依旧在迷路，拿不出什么像样的作品。

——《松田正平画文集·随风》

唉，松田先生太谦虚了，他早已是一位功成名就的，不，应该说他早已是一位好手艺人，好得很有味道。这也是我的人生目标，虽然现在距离尚远。看着松田先生的画，我常常鼓励自己：要再加把劲儿！

画师手握之物

在画廊里邂逅松田女士后，她听说我知道她爷爷，便邀我去做客。松田先生于2004年去世，享年91岁。先生的画室现已收拾过了，但起居室维持着原状。当然了，松田先生在世时我并未有缘拜会。

松田家是一所小而舒适的平房，屋前有一个宽敞庭院。平整的院落里，几棵叫不上名字的树等距而立，都是同一种树，既像是人工种植，也像是天然自生的。总之，小院不是常见的工整庭院，倒像随便圈了一块杂树林或荒地一般，看上去无精打采。从房间里看到的窗外风景是树枝和天空，枝上黄叶落尽。

松田先生在这里开设新画室是1995年的事。松田夫人想和儿子夫妇住一起，他为了圆夫人心愿，把家搬回了故乡宇部。

"尽管我们想保持原状，但地板不得不收拾。"松田母女笑着说。松田先生画室之凌乱是出了名的，不收拾就无处落脚。现在画室桌上、架上依然一片杂乱，就和我在照片上看过的一样。在一大堆说不好是什么的物件里，掩没着一尊元空木佛。蓦然间，我竟与佛对上了视线。画室墙上挂着的塔帕树皮布还维持着原貌，布上的纹样我依稀在哪里见过。

"这里还有很多素描，您想看吗？"

"衷心想看！"我一边回答，一边想起了洲之内彻先生走访松田先生在千叶县鹤舞的旧工作室后留下的访谈记。

画室里素描堆得小山一般，我随意抽出来观看，看着看着入了迷，忘记了时间。打个比方来说，事物经过漫长岁月完成了使命，外形会变得亦枯槁亦圆满，松田先生这块电池，通过对这种境界的极其深刻的理解而充满了电，让笔下源源不断地流淌出无数线条画面，乍看不拘形迹，实际上准确而深刻。

—— 洲之内彻《想看的风景》

确实就如上文，我也看得入了迷。素描里画的都是日常事物，庭院和路边绽放的花、蔬菜、濑户内海的鱼、家里养的狗、渔港、船只、大海，同一个意象反复出现。我被其中一张吸引住了，上面画着他的狗"小八"—— 松田先生喜欢日本狗，狗名字里都有数字，"小六""小八"一代代按顺序排列，小八是他在上世纪 70 年代养过的四国犬。画中背景一片薄蓝，小八的脸和伸得笔直的前腿撑满画面，色彩是淡淡的水彩黄色，一条浅淡紫色线条勾出身体轮廓，一笔尽显悠然。

我有时候也想一口气掌握所有技巧，但最终发现，绘画还是线条最重要。能画出准确的线条就已经相当不得了了。

——《松田正平画文集·随风》

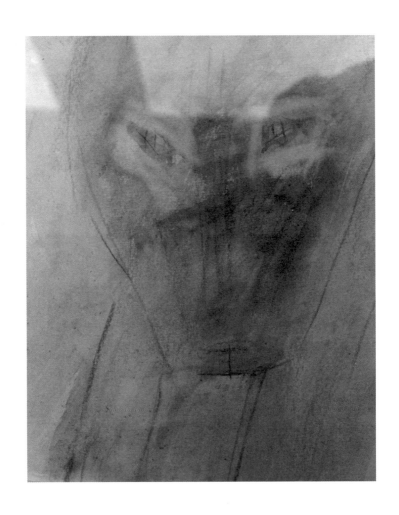

这就是松田先生所说的线条啊。

画中的小八眼神隐约悲伤，不知正在注视什么。从这幅画里，我看到了画家对一个生命的深切爱意和关注。它仿佛一句不经意说出口的自语，其中却积累沉淀着与一个生命一起度过的时间。看到画的那一刻，我仿佛看到了只有一次、不再重来的生命里所有场景在一个瞬间同时映现，诞生，成长，活着，消亡。也许，世界就是无数这样的瞬间吧。这幅画仿佛画尽了世上一切，也仿佛一片空，什么都没有画，有的只是一条线和朦胧淡彩而已。我久久凝视着它，感动不已。

绘画不是对自然的简单模仿，而是诠释。自然在人身外，对人来说是一种难解的外部存在，能将人与身外自然连接在一起的，就是人将难解视为臻美的一颗心。人描绘的自然，人描绘的世上大千，我想都来自这颗心。

我想起一句话，"鬼魅易犬马难"，这是白洲正子女士家里挂着的字画上的题字。鬼魅无形，没有人见过，所以画起来简单，犬和马是随处可见的普通之物，画好却难。这是一句中国老话。

实际上，白洲女士家里的字画正出自松田先生之手，松田先生毕生求索的也是画犬马的难题。他一直自言"绘画这件事，我这辈子一次都没能做好过"。

见我如此感动，松田母女忍不住说："如果您喜欢，就挑一张回去吧。""哪里哪里，岂敢岂敢。"我嘴上客气着，眼神却黏在刚才那张小八的画上，挪不开了。

"画能被珍视者收藏，正平先生若有知，也会欣慰的。"

一旁，和我同来的福田君也抱着胳膊，发出一声响亮的"嗯"。

"福田先生也挑一张您喜欢的吧。"

"啊，我就罢了。我平时喜欢钓鱼，也确实喜欢这张鱼绘，但这次就敬谢不敏了。明登他本来就喜欢松田先生的画，而我原本不了解，哪能厚着脸皮跟着蹭一张呢？"

笑着婉拒的福田君是个实诚人。他的实诚，也原汁原味地表现在其作品中。他做的碗正可谓"如犬马"，有一种坦诚的普通劲儿，正是普通人日常使用的物件，踏实，可靠，能干。

我再三谢过松田母女后出了门，看见屋边拴着一条狗。松田先生比这条狗先走了啊。他的小孙子央求说想养一条金毛，一直非日本犬不养的老爷子虽不情愿，最终还是投降了。实际上，他很喜欢这只金毛，对它宠爱有加。

回去的车上，我把松田先生留下的一本新素描簿紧紧抱在胸前，簿里夹着那张"小八"。这次邂逅究竟是偶然，还是命运使然，我不知道。对我来说，这是一个幸福的冬日，这一天我与松田正平先生相遇。

最后再写一句松田先生说过的话：

> 不要追流行，不要成名。要埋下头踏踏实实练手艺，争取当个好手艺人。我多么想把画画得更扎实一点啊。
>
> ——《松田正平画文集·随风》

我这种在有限的漆艺圈子里不知不觉地成为了有点小名气、正走在流行风头上的手艺人，引用松田先生这句话可能没什么说服力，但我认同其中的每一个字。

失去的感觉

中世纪宗教画

被问到"您喜欢什么样的画,喜欢哪位画家"时,我常常不知如何作答。我没有固定的答案,要视当时心情和对方身份而定,所以我的回答没准谱。但有一次,我这样回答:"当然是中世纪宗教画!"

欧洲、中世纪和基督教信仰距我所处的环境极其遥远,所以,虽说都是人类创作的绘画,但很多地方我看不懂。即便有人问我为什么喜欢,我也只能回答"说实话,我也不知道"。但我依旧被那些画作深深吸引,感受到一种如置身其中的难言魅力。

追求完美的无味

2007 年秋天，也就是在宇部市邂逅松田先生画作的两个月之前，我和妻子智子两人去了巴黎的卢浮宫。

此去巴黎只是顺路，欧洲之行原本的目的地是位于德国埃森的玛格丽顿高坡（Margarethenhohe）工坊。这所工坊 1924 年受包豪斯运动的影响成立，现在是一所陶艺工作室，我的朋友李英才在那里担任艺术指导。我们经巴黎转机，抵达杜塞尔多夫时，工坊的工匠们已在机场迎候。我在这里做了一些陶器。

我的本职是做漆器，但话说回来，现在日本人的餐桌上，纯粹的日餐还有多少呢？日本本土的漆餐具于日餐尚可派上用场，但随着无国籍料理深深渗入日常生活，希求日本餐桌上摆满漆器是不切实际的。料理要用合适的餐具搭配才妥帖，比如欧洲西餐，造型简练的白瓷圆盘更相衬。

但这也不是件容易的事。现在在日本能找到的西式餐盘里，没有我想要的式样。无论是进口的高级餐具，还是日本国产的，都是已经定型的工业制品，干燥无味且冰冷。现在年轻陶艺家们流行手工制作西式餐具，但做出的器物难掩造作，手工让作品显得随机，流露出了陶艺家本人的个性气质，也正因如此，用过一段时间后就厌倦了。

既然别无他法，我便想到自己试做一些陶器。当然，做陶不易，我拿得准的只有理念：手工餐具应该是极简而普通的，有着普通欧洲人从小到大在餐桌上看厌的、理所当然的形状和颜色。我请德国工匠为我用辘轳一件一件手工制作。陶艺作品普遍强调的素材感、风味和随心所欲的造型，我都不想要。我追求的是"完美的无味"，尽管无味，但因为出自人手，还是能让人缓慢而长久地感受到一种温暖。我最近在自己的漆艺中追求的也是这些。我甚至想，自己做出来的东西，里面已经不必有我了。

我事先请轮岛的木地师旋出原型样板，再寄给德国工匠，请他们依此做出陶土原型。此次德国之行的主要目的是确认成色，等我到达工坊时，工程已近尾声，我只做了一些微调，就轻而易举地完成了任务。

所以我得以早早返回巴黎，在巴黎度过了悠闲的 10 天。

没有眼神的瞳孔

卢浮宫南侧的著名绘画和雕塑周围人声喧嚷，但展示德国、佛兰德[1]、荷兰古典时期绘画的大厅却非常安静，简直出乎意料。终于有机会与宗教画和肖像画面对面了。我在一些画前久久凝视，在另一些画前快速扫视，如此这般，最终得出的结论是，无论哪幅都看得不甚明白。没看明白，却依旧被迷住了。

"哎，和当代的我们相比，那个时代的画家好像在用另一种方法看周遭和人物，并非眼观、耳听、鼻闻、手触、口尝，而是用另一种完全不同的、更加浓厚丰沛的感知方法。我想这种感知器官在现代人身上已经退化消失了，所以看不明白。器官虽然消失了，但记忆还隐约残存在身体的某处，站到画前，就能一点一点地回想起来。我说的这种感觉，你明白吗？"

我眼前是一幅宗教画。画是传播教义的道具。画面中央是圣母玛利亚坐像，她右手抱着耶稣，左手拿着书物，是天主教教会里常见的

1　佛兰德，比利时西部的一个地区。

汉斯·梅姆林《圣雅各和圣多米尼克之间的圣母子》

1488—1490 年｜油彩、木板｜130 厘米 ×160 厘米｜藏于卢浮宫

圣母子像造型。圣母坐在宝座上居中，左右两侧对称，画着众多正在祈祷的人。

这时，智子有了一个小发现。

"你觉不觉得奇怪，这幅画里所有人物，都是同一张脸，而且，这些人看上去似乎眼睛是放空的？"

严格一点说，是没有视线指向。确实是这样。人物脸上眼睛虽然是睁开的，也画着瞳仁，但看不到他们的视线投向哪里，看上去有些虚空。画中相对而视的人物们，没有视线相交。他们确实睁着眼，却什么都没有在看。也许是那个时代还没有描绘眼神的技巧？也许是故意画成这样？深究这些也没有意义。

"他们虽然没有用眼，但确实在看着什么。不对，说他们在感知着什么可能更确切。绘画虽然是一种视觉手段，但这里描绘出的东西，从某种意义上说，是非视觉的，我认为是这样。"

这幅画是深受中世纪绘画风格影响的北方文艺复兴运动画家汉斯·梅姆林（Hans Memling）的作品，卢浮宫还收藏了他的其他画作。有一幅我擅自命名为"老奶奶肖像"的画，人物稍稍斜坐着，双手叠放在胸前。

"我好想伸出手，去握住老奶奶的手，你呢？"

"你的心情我理解，但老奶奶肯定不愿意。"

人物头上戴着白色头巾，是因为她正在祈祷。她的表情虔诚而宁静，岁月风霜让她的皮肤显得分外美丽，仿佛由内向外地熠熠生辉。这位老妇人的视线没有投向观众，所以我无法与她对视，实际上，她

汉斯·梅姆林《老年妇女像》

1484—1485 年｜油彩、木板｜35 厘米 ×29 厘米｜藏于卢浮宫

的眼里没有映照出任何东西，但是我能感知出她正在有所凝视，有所体会。那究竟是什么呢？

"这位老奶奶好像被什么东西围绕着，覆盖着，是什么呢？空气？不，好像是光，或者是其他什么？"

梅姆林的肖像画大多是祭坛画的一部分，祭坛的中央是圣母子像，左右门扉上通常画着人物。这些人物并不仅是当时给教会捐赠后拥有个人祭坛的富裕阶层的肖像，还有些是大型宗教画的组成部分。我在画册中看过梅姆林的其他作品，看到一些画也不是正面肖像，而是斜向坐着，面朝中央的圣者祈祷。当年的祭坛画不知何时被分割开，单独装入画框里，作为肖像画被美术馆收藏了。

"据说老奶奶的肖像原本在祭坛右边，左边头戴黑色帽子的老爷爷可能是他丈夫，老爷爷肖像如今在柏林的美术馆里。说不定老爷爷现在正四处寻找老伴呢。"

上面的话是句玩笑。我从画中看到的，不，感受到的，是人物强烈而深沉的存在感。在这种存在感中，还隐约有种清透的静寂，不像充满精神暗示的近代绘画那般沉重。我感受到的这种存在感、气韵，随着时代进入 17、18 世纪，逐渐变得稀薄了，绘画好像变成了纯粹的视觉表现，到了这一步，就索然无味了。

"是什么让画显得如此静谧呢？静谧而温煦。要是在德国做的盘子也能有这种味道，该有多好啊。"

古陶的气韵

接下来，我要把话题跳开一下。谈谈两个其他风格的东西，它们的制作年代和中世纪末欧洲北方文艺复兴运动相同，地点与欧洲相隔万里，我却从中感到了同样的气韵。这就是李朝（1392—1897）初期的古三岛和日本桃山时代（1568—1603）的古唐津，就是我们所说的古陶器。

有时我会捧出古酒杯自酌，不仅是为了享受酒香，更因为我想用手触摸感受古物的存在感。"存在感"很难用语言形容，我想把它换称为"气"。这是我从一本在京都偶然觅到的古书上看来的说法。

气很难捕捉，人们试图用语言去再现它，于是有了诗。气韵没有形状，意义也甚微妙，却构成了人间世界的内核。诗既然是气韵附灵于语之上形成的东西，向诗只索要语言的意义，或只索要情调，只索要音律都没有道理。诗中已包容了一切。理性、知性、感性、观念、记录，一切都沉浸在诗里。包容不下这些，诗就太小了。气能吞并一切。

—— 高村光太郎《谈美》

如果把上文中的"诗"置换成"器物"，把"语言"置换成"素材"，会怎么样？

在我的感觉里，诗和器物是同一种东西。器物上要有诗情，如果只有功能和用途，那不成了只能装东西的道具了吗？

在同一个时代里，跨越大洋东西，不约而同地，"存在感""气韵"和"诗情"在人类作品中蓦然显现。

那么，"气"这种暧昧之物，究竟来自何处？正如光太郎先生所言，气乃"人之气"，我想，气的源头来自于造它之人，用它之人，感受它的人，气存在于人的感觉里。

"我好像有点明白了，我经常用的那个酒盅，那个古唐津，和这个有点像，气韵上相似。"

"和这幅画？"

"绘画，只能用眼看，对吧？但是幸好，我们能往画着铁绘日月的古唐津里倒进一层薄酒，细细品尝个中滋味。通过触觉我感知到，掌心上的酒杯虽小，也带着诗情。人们只有通过亲手触摸，才能对事物产生真实的一体感。餐具能用手摸到，用舌头感觉到，这种触觉被再次唤醒时，就带上了视觉性。

"'气'常常被人看作一种非科学的东西，在我看来，'气'是触摸之前发生的预感、迹象、氛围。器物摆在美术馆玻璃柜里，只远远眺望，明白不了它的好。如果只通过看就自以为掌握了一切，那岂不是说明了在现代人身上"视觉、听觉、嗅觉、味觉、触觉"这五感已经分崩离析，成了不连续的片段？将这些断裂开的不安定的感觉再次统合到一起的，不就是光太郎先生所说的'气'吗？不就是'诗情'吗？

"古陶呢，就是五百年前从混沌中提炼出形状的陶工与泥土相接触留下的痕迹证据。所谓'存在感''气韵'，就是陶工的愿望、想象、思考、价值观、感情、精神、心或无心，这些深层的东西随着制作过程渐渐变得具象，有了动态，和身体连成一体，摇摆着出现在轮廓线上。同时，柔软而纤细的陶土包容下了陶工，像镜面一样映照出了人的姿态。人手的动作和细小分寸的拿捏，直接传导给了陶土，变成了陶器之姿。陶器以陶土为身体，当陶工的信念与陶土合二为一时，'存在感'便诞生了，'诗情'开始洋溢，'气韵'开始被人感知。"

在卢浮宫一间无人的大厅里，我滔滔不绝地讲起了古陶经。

"通过器物的形状展现出的，并不是一个陶工的个性，而是世界只有在那个瞬间才能产生的波动。我指尖上的皮肤、口唇上的黏膜，在碰触到器物时真实感受到的，不是陶工有一张怎样的脸，怎样的个性，绝非这些表面性的东西，而是陶工创造出的通路，是与人的内心深处紧密相连的世界呀。"

触摸神之光

"这里的画之所以让人敬畏，是因为即使没有触摸，也能感知到。不经过碰触却让人有了连带感，多么奇妙难得啊。"

话题转回刚才说过的圣母子像。居于大画面中央的玛利亚气韵如此静谧，让人不由自主地看入了神，这是有原因的。

画中的细节精细到了执拗的程度。玛利亚身穿的红色外衣上，连纤维细绒的光泽和织线的圆形起伏都缜密地表现了出来。衣褶和皱纹能让人确切地感觉出天鹅绒面料的手感。玛利亚脚下和宝座背后的织物呈现出的质感，和我们前一天在克鲁尼博物馆（Musée de Cluny）看到的中世纪挂毯一模一样。

不仅是梅姆林的作品，细看他那个时代的绘画，都会发现有一些让人联想起触觉的细节。画的整体印象很平板，没什么进深，几乎看不出透视比例和立体感，人物肖像也不立体，但人物的皮肤肌理却似乎真实可触，轮廓也非常明晰，在人物周围，仿佛有光在聚集，有空气在流转，画家真正画的不是人物和服装，而是包容着这些的光。因为有光，所以有了"存在感"，这就是"气"的真实面目。

"有人说神在细节里，我觉得在这幅画里，神就是包容着皮肤轮廓的光。是光让皮肤肌理看上去立体而肉感，可能这就是神之光。画中所有人物，圣母周围祈祷着的人们、和老爷爷离散了的老奶奶，身体四周也都笼罩着光。他们看似空洞的瞳仁注视着的，是光。这幅画描绘出的，是人与神之间发生的真实碰触。"

历史学家雅克·勒高夫（Jacques Le Goff）曾在书中写过"中世纪没有宗教"，在中世纪欧洲，一切都是宗教，与宗教对抗的思想还不存在，所以当时的人们没有必要把宗教概念单列出来。现代人已经远离了遥远的中世纪，现在回头去想象它，也已力所不能及。

梅姆林在画中明确描绘出了一个安定而统一的世界，这个世界以我的能力还理解不了。在这里，人们的名字与身份并不重要，他们都沐浴在神之光下，感觉器官还没有断裂，仿佛还在混沌胎儿状态，人们被光包容着，与世界连在一起。

"存在感""气韵"微妙难言，无法用形状、颜色和意义来概括，唯有生命才能拥有它们。而且无论是凝神细看，还是闭眼探寻都无法看到，唯有睁大双眼，捕捉对方的姿态轮廓，才能有所感知。所有感觉器官要重新归零，回到最根源的初始状态。500年前的人们还确切地拥有着一条通路，能将五感统合归一。这条通路被人们慢慢地失落了，或者说，正在现代人的内部极深处安眠着，我们该做的，是将它唤醒。

看着欧洲中世纪宗教画，看着桃山时代的古陶杯，我多么希望自己能将这种已经失落的感觉从身体里重新唤醒。具象之物该有的"气韵"，现已难寻，不仅我的作品，可以说所有现代工艺作品皆如此。

不知从何时起，我开始衷心期望自己的作品能显出"气韵"，也许只是妄想吧。理所当然，我的心愿到现在也完全没能实现，也许这辈子也不能如愿了。尽管如此，我依然想把梦一直做下去。为了做梦，我必须要深深降落到自己内部的最深处。

一种精神一旦有了形态，就永远不会消失，历经地久天长依然会与我的肌肤碰触相接。这就是我们所说的普遍真理吧。

世界的真实性

孩童的世界

有时我会想，我们在儿童时代是怎样和这个世界相接的呢？不知为什么，我小时候的记忆至今依旧清晰。下面就来谈谈我自己。

我出生成长在一条大河边上。所谓大河，只是儿童的视角。我在成人后返乡回到那条河边，上桥走一走，从一端走到另一端也就 15 秒。可我小时候觉得它宽阔无垠，现在想想，真是不可思议。河床比周围地势高，是所谓的悬河，所以河堤垒得很高，像座小山。

从我家旁边的石阶向上走，坡顶上有一间小小的地藏堂。附近妇女们常来这里拜菩萨。在我出生的这片土地，街头巷尾随处可见参拜神佛的地方，就仿佛当年弘法大师在这里说过法一样。

那时我在大人那里听到过"弘大师"一词，后来才知道，正确说法应该是"御弘法大师"。地藏堂边上，有一个钢筋构架的火望楼，我经常跳起来抓住低处的钢筋，或玩垂吊，或当椅子坐在上面，眺望远山和我没有去过的街巷尽头。现在回想起来，老太太们低声诵读《般若心经》的声音和焚香的气息犹在身旁。眼前风景如淡墨一样模糊晕开，只有供在地藏菩萨前的花朵鲜艳得闪闪发亮。火望楼旁边有一棵旃檀树，树干巨大，我想展开双手去抱它，却反被它团团拥在怀里。暗褐色的树皮有着和人的身体相似的温暖，我常常把脸颊贴上去，闭上眼睛许久不愿睁开。我抱着树干抬头仰望，看不到树梢尽头，树凌驾于世界之上，俯视着我。

在这棵树下，我感觉到了自己的存在，从我尚在母亲怀抱里时开始，记忆未中断过。说起来离奇，不知过了多久，我竟好像被一种不可思议的力量附了体。

"这棵树的顶端会是什么样呢？"

我很好奇树枝究竟会延展到何处，对我来说树太高太大了。我那时还不明白粗大树干长到高处会渐渐变细，只觉得树干上下是一样粗的，仿佛一根巨柱直插天空。想象中树冠顶端是圆而平整的，就像树桩切面一样，这是我当时唯一能做出的结论。幼年的我一直坚信是这样，后来渐渐地忘了。

我在树下等来了日暮，河堤像小山一般高，从上面可以俯视眼前的小街景色。河面上黑瓦状的波纹渐渐染上夕阳红，我凝视着太阳下山的那一刻，时间仿佛静止不动了。那河水至今仍在我的身体里缓缓流淌。夕阳渐渐压近地平线，颜色越来越暗，凝视得越久，越觉得太阳像平面天空上的一个小孔。话说回来，对小时候的我来说，太阳和月亮都是天空大幕上的小孔。幕布背面有一个光明耀眼的世界，通过小孔我们能窥视到彼端。

那时我家的屋子是座有年头的旧房子，木质地板和墙壁上的木结四处脱落，露出很多小窟窿，贴近便能窥看到光线从什么地方射进来。小时候我特别喜欢盯着那些光看。对我来说，墙上的窟窿也好，天幕上的小孔也罢，距离都一样近，只要伸手就能够到。当年暮色降临时，我也把脸颊贴近天空的窟窿，窥看过对面的世界啊。慢慢地，我连这些事也忘记了。

这个世界我见过！

2007 年 3 月，我在位于东京目黑的庭院美术馆里观看了英国画家阿尔弗雷德·沃利斯（Alfred Wallis）的画展。在看到画作的那一刻，我的旧日感觉忽然一下子苏醒了。

"啊啊！树冠顶上是平的呀！"

没想到有人和我看到了同一个世界。沃利斯大器晚成，直到 20 世纪初期，年过古稀的他才开始画画。他年轻时当过水手，后来开过渔具店，67 岁时妻子先他而去，他开始鳏居，在四邻看来，这是一位坏脾气、不好打交道的孤独老人，有一天一位朴素派画家从他家门前经过，偶然发现了其才能。渐渐地，他成为英国现代有代表性的画家。他画中经常出现的是自己居住的港口小镇、海与船、小街和人家。

这让我回想起小时候，那时我周围也有一个相似的老人，但他天赋一般，没有被人发现，没能成名就默默地消失在幽暗市井里了。虽然沃利斯也没有受过正统美术教育，没有人手把手教他绘画技巧，但他有天分和运气。他的画乍看像儿童画，再看却并非如此。虽然我也不懂素描、色彩构成等绘画技巧，但从他的画中我能感受到美，会为

阿尔弗雷德·沃利斯《帆船和两艘汽船 纽林港》

年代不详｜油彩、板材｜25.5 厘米 ×48.9 厘米｜藏于剑桥大学茶壶院画廊（Kettle's yard）

其中的生命力和不可思议的真实感而怦怦心跳。

　　他的画中世界是旋转着的。画师通常利用画面上部表现进深，但在沃利斯的画里，进深时而在左时而在右，画中景物如此迫近，让人产生一种在看沙盘的错觉，这种感觉在儿童画中也常见。

　　啊，这种感觉我熟悉！我也经历过！看着看着，我回想起了过去，觉得亲切又安心。

我们生活的冰冷世界

儿童时代我窥看过的天空小孔，与巨树紧紧相拥时感受到的迫真，究竟被我遗忘在哪里了呢？失去了这些，究竟换来了哪些新感觉呢？我们现在用一种自以为理所当然的方式看待这个世界，为此是不是失去了另外一个世界呢？

现在正在阅读这篇文章的读者，也许和我拥有着同一个世界。"感觉"是人接触世界的手段。我想，在我们借以接触的五感当中，视觉是不是被太过偏重地使用了呢？我们正被一个过分视觉化、过分客观、过分淡漠，同时又过分有力的世界席卷着。人们以为这样的世界理所当然。我由衷觉得，如果那种"让生活变得艰难"的元素确切存在，那么催生它的正是这个世界。

不知从何时起，这个世界的所有空间都被光填满了。因为光，我们能把世界外观上的边边角角都看得一清二楚。此时我们正在注视的对象的后面也有光，只要移动视线，就应该能看到后面连续不断的世界。世界无穷尽地延伸，外观即一切，所谓进深，只是外观的宽度罢了。这是一个只能眼观，却无法触摸，没有温度的冰冷世界。

你胡说什么呢！一定有人想这样呵斥我。但我想说的是，真正的世界不该是这副样子。如果我们稍微更改一下接触世界的手段，世界会呈现出另外一番姿态。我想，这个世界的进深，不在我们能看到的地方，而在看不到的地方，在闭上眼睛，亲手触摸才能感受到之处。

我还觉得，五感分崩离析，各自被细分化，世界向着视觉化、客观化单方向滑落这件事，和我要坚持自我不能妥协这件事，是紧密联系的，是同一枚硬币的正反两面。

沃利斯画中的世界是有温度的，令我恍惚想起小时候依偎在母亲怀里入睡时的安心舒适。我想这种与世界相连的渠道更真实，更接近人间本质。听说沃利斯画的风景并非现场写生，而是他独自幽闭在房间里，为掩埋孤独而寻找出的旧日回忆。

孤独的现实，对失落世界的回忆乡愁，究竟哪一个更真实，我也说不清楚。但是我想，沃利斯的画并没有强调童稚般的纯真味道，他的画中有一种贯穿始终的东西，那就是具有普遍意义的人生悲哀、回忆中的真实，甚至让人感觉他已进入了一个更高的精神境界，这一点正是他作品的精彩之处。

留在记忆深处的被枥檀拥在怀里的触觉，如果是真的倒也算了，树冠顶端伸向无限远方也未尝不可，但是我觉得，那可能是我在刚刚睁开眼看到世界时，与这个世界达成的第一个和解 —— 树的顶端就像树桩一样平整。沃利斯一定会赞同我的想法，我自作主张地下了结论。

去看罗斯科

"尝试将视觉性的元素和触知性的元素统一并组合的过程，构成了绘画的历史。"俄裔美国画家马克·罗斯科（Mark Rothko）如是说。

马克·罗斯科和阿尔弗雷德·沃利斯完全是两类人，在沃利斯之后忽然谈起罗斯科，说实话我也有些犹豫。在我写本书的 2009 年春天，有人对我说："有个人的想法与赤木先生一样！"然后理所当然地，我收到了一本美术论，这就是《罗斯科 —— 艺术家的真实》。

把自己的作品和 20 世纪美国有代表性的抽象画家比较，似乎太狂妄了，但至今为止很多人对我说过，罗斯科画中的红与黑和我的漆器质感很像。当然我觉得这是一种褒奖。那时我还没有看过罗斯科的画，恰逢位于千叶县佐仓市的川村纪念美术馆正在举办一个大型美术展，名为"会冥想的绘画"，我决定去看看。

一进展厅，我就看到了罗斯科和英国泰特美术馆工作人员的来往

马克·罗斯科《无题（西格拉姆壁画）》

1958 年 ｜ 复合颜料、帆布 ｜ 264.8 厘米 ×252.1 厘米 ｜ 藏于 DIC 川村纪念美术馆

©1998 Kate Rothko Prizel & Christopher Rothko ｜ ARS, New York ｜ SPDA, Tokyo

书简[1]。书信内容意味深长，读过之后，一个怀疑人性、神经质、暴躁、阴郁、孤高的罗斯科浮现在眼前，完全是一个令人望而生畏、不想与其打交道的人物形象。看过书简再看他的作品，我已经陷入人物形象中走不出来了，感觉自己看到的都是这令人不快的人画的画，心情也糟糕起来。为什么不把书信放到展览最后呢？

　　这次美术展的重头作品，是被称为《西格拉姆壁画》（*The Seagram Murals*）的作品群，这组作品原本是为纽约西格拉姆大厦里的高级餐馆创作的装饰壁画，但最终没有被采用，数十件连续作品流散到世界各地，现在会聚一堂，以接近罗斯科意愿的形式展示出来。巨大的画作被放置在巨大房间里，作品间隔很窄，显得很拥挤，而且挂画位置不是特别高，就是特别低。我知道这是罗斯科意图的忠实再现，但还是忍不住想，如果把巨作安放在大空间里，让画周围充满余白，让观众一幅一幅地细细观赏，那该多美啊。算了，不发牢骚了，看画看画！

1　罗斯科将部分作品捐赠给了泰特美术馆。

罗斯科的冥想

罗斯科的画是抽象画，画作的内涵我自然看不懂。展览里的作品大小不一，大的有 4 米多高，一整面画布上填充着仿佛被暗夜吞没的暖色，暖色四周，又用同色系颜料微微画出一个四角框架。

他的画并非单纯一色，比如暗红色里有更暗一层的红色。我用"红"来描述，换了别人也许会用"黑"来表达。语言无法确切捕捉到颜色。两种颜色的界线暧昧不定，色彩仿佛被静电吸起的汗毛一样纠结在一起，仿佛有什么充斥在其中，质感难以言喻。色彩之间的缝隙就像发生日全食时太阳周围的日冕一样带着热意。

"用绘画来表达手能碰触到的世界的真实，绘画会变得抽象。"我隐约记得罗斯科在书里这样写道。但人脑是单纯的东西，人眼看到无法理解的东西，脑会把它和我们熟悉的事物联系起来加以解释。画中的四角既像窗户也像大门。我马上联想到了希腊神殿，因为我想起《艺术作品的起源》，马丁·海德格尔（Martin Heidegger）在其中谈到，是矗立在岩之上的神殿，将混沌世界分开，让天成为天，大地成为大地。

神殿坚定无疑地矗立，让充满在空气中的不可见的空间现出了形状。

—— 木田元《海德格尔的思想》

　　由此，在能看见的世界里，我们活着。

　　我在前面也写了，"尝试将视觉性的元素和触知性的元素统一并组合的过程，构成了绘画的历史"，罗斯科在抽象绘画的世界里建造了可触知的希腊神殿，开示出一个世界，让人们触知到真实。

　　罗斯科之所以在肌肤能直接感知的官能世界里追寻真实，我想，是因为"直接性"在近代社会里已经丧失了。如果追寻过去的真实，我能上溯到的，不过是我的私人史。在人类历史中追源溯流的罗斯科，如此宏大。

　　罗斯科的书，一面详细描述了从古至今造形的历史，一面点明了其连续性。在造形的发展过程中，透视技法让绘画有了进深，以光线填满画面的手法让画家们开始心生执念，他们想尽办法让画中事物的外观显得更加逼真，与此同时，触知性消失了。

　　时代与社会的大背景会影响画家，进而投射在作品上，所以绘画的历史，可以说是人类感觉的历史。那么，视觉优先的现代人的自我意识是什么样的呢？时至如今，它已经变化成了一种谁都能认知的，有着被割裂的明确外观的东西。

　　将罗斯科的作品连贯地看下来会发现，支撑着视觉效果的光线，在抽象画面中逐渐消失了，就像被有意识地慢慢抹去了一样。画面的明度渐渐降低，仿佛他在一片昏暗中摸索着画出了这些画。

《西格拉姆壁画》是罗斯科晚年的作品，画中的世界已如在洞窟中。很容易让人联想起厌世的苦行僧隐居深山、独自冥想的情景。冥想之后，不知画家是否得悟，是否找到了重新构筑失落的希腊神殿之法，发现一种崭新的统一性呢？

在我的想象中，以上问题的答案是"否"。

在《西格拉姆壁画》之后，罗斯科的作品画面越来越暗，先是转向了黑与灰，进而在沉重的单色世界里迷失了。那是一个光线进入不了的世界，我仿佛看见了他跌入洞窟的最深处，空虚彷徨，双臂无力地飘浮在一片空空荡荡里。无论他怎么寻找，如何渴求，在当代美国，用手能碰触的真实已经无处可寻了。这种遍寻无果的感觉，对现在的我们来说，是一种离真实非常近的东西。也正因为如此，罗斯科才如此受现代人推崇。

那是人生悲哀与乡愁的统一，是丧失后重新构筑神话的尝试。虽然规模和深度不同，在图式结构上，沃利斯和罗斯科重叠到了一起。

这时，我忽然觉得自己运气很好。在一片黑暗里，我向前伸出手能微微触摸到的东西，在日本就有。那就是"器"。为了说出这句话，我经历了多少漫长旅程！

无形之物

消失于掌中的器

如果我说"食器"和"车"相似，人们总会一脸惊讶。

就连我自己，说完此话也会立刻做出解释：你看，食器和车作为工具，功能一样啊，里面都能放东西。车载的是人或货物，器则盛放食物；车从地点 A 移动到地点 B，而食器从厨房移动到餐桌，从餐桌到口边，距离虽短，也算得上是食器的特征。

还有，车和食器都必须性感。在车和食器两种东西上都追求感官享受的人虽不多，但我想也还是有的。关于车，不能只注重运货的用途和功能性，如果只看这些，那普通的白色运货小卡车就足够了。于车，既要讲究用途，也需要让人通过拥有和驾驶它而感到快乐和兴奋，车要给人快感，否则多无趣。

而且，对于车和食器来说，还有一点很重要。那就是它们作为工具与使用者的一体感。让车加速再加速，机器和人身变成一个整体，滑行在距离地面几厘米的低空里，人会忘记车是道具，自己正在操纵一个机器，瞬间之中，人体有限的物理性被车的高速解放了。这些都与食器给人的感觉相似。

2007 年早春，我在东京银座的画廊里开了个人作品展，请到了武者小路千家的若宗匠千宗屋先生，一起举办了一场脱口秀。

在此之前，千先生刚刚经历了一场令人垂涎的体验，他在国宝茶室待庵[1]里，用到了长次郎制作的无一物茶碗[2]。在脱口秀上，千先生兴奋地细说了这件事。待庵的内部空间昏暗，有着泥土的触感，坐在里面，恍若在深山洞穴里独自冥想，他用双手捧住无一物茶碗，像将之拥入怀中一样，嘴唇与茶碗相碰触的一刹那，茶碗在掌中消失了。

"赤木先生，大概这就是器的极致之姿吧。"

这句话说到了我心坎上。

所谓器，是一种既性感又清高、消除自身的存在、与人身深深交融的东西。我希望自己能做出这样的东西，虽然这是一个无边无际的梦。

人与车的一体感，需要开车才能体会到，而人身与器物合二为一的感觉，我想，来自人与物隔着一层皮肤的接点、手感和质感。开车时那种上等羊绒一般的顺滑感，车体与地面的紧贴沉着感，方向盘的机敏性，飞驰起来的飒爽劲，拐弯时的利落，发动机的轰鸣和震动，所有这些融为一体，将人身包容在内。而器必须具有的质感，也无非就是这些。

我的食器与使用者的邂逅，通常发生在作品展会场里。当然我希望大家能尽量把食器拿在手中，感受其质感，但是在展览会场上实际使用它、驾驭它，是一件不太容易做到的事。所以，它首先得具有一种视觉性的表达，比如一望而知的质地和纹理等，即所谓的"texture"（质感）。

1　待庵，千利休设计建造的茶室，日本三大国宝茶室之一。
2　无一物茶碗，16 世纪赤色乐烧茶碗，日本重要文化财产，现藏于颖川美术馆。

展现质感

　　每年 12 月，我都会在东京西麻布的器物艺廊"桃居"举办作品展。桃居的作品展对我来说有着特别意义。1994 年我出师独立后在这里开了首展，之后每年的新作都是在这里发表的。近 20 年里，我一直做着漆器，试图把心中生出的东西表达成形。

　　在为期 1 周的展览会期间，我尽可能地多驻场，和前来看展的人对话。因为我想知道自己用 1 年时间制作出的东西，给了他们什么感觉，想知道他们的看法。当然，在作品的最后一道工序完成时，人会有一种充实感，如果能以充实感作为终结，倒真是件幸福的事。可是只有充实还不够，我希望作品被看到，被感知，让人由此产生思考。之所以这么想，是因为我自己是通过作品才和这个世界发生了关联，找到了与世界相通的微径。

　　在会场里和自己的作品站在一起时，我察觉到了一件事，那就是，来客们究竟被什么触动。我发现，人们进入会场后，会立即对某样展品产生兴趣。他们说着"哇，这个真好"或"这种我不喜欢"。首先引起感叹的，其实并非形状，而是质感。

一件器物，不，所有物质都有形状。形状必然携带着色彩。但是，如果我们只指定形状和色彩，并不能再现出同一个器物，即使形状和颜色相同，每一件东西给人的感觉也不一样。人与器物面对面时，首先触动人心的是器物的质感。质感难以用语言形容，只让人心里猛跳一下。"texture"（质感）一般译为材质感觉，原意指的是纺织物上经线和纬线相交出的手感，所以，"texture"的词义里包含着触感，即"用手触摸"或"用眼观察"。质感传达的是"暖"或"凉"的温度感，这种温度，并非只有手摸才知，用眼也能看到。

在漆器的世界里，这种手感被遗忘了很久。说起漆器，人们想到的都是镜子般纯粹的表面，光滑明亮，平坦均匀，反射着光线，连摩擦也感觉不到，有一种做到极致的美，更不用提遍布漆器表面的精美纹样。不同作品里共通的人为心思、做到极致的工艺技巧确实很精彩，但失了温度。那里没有余地，容不下手感和宽慰人心的温情，而有种冰冷味道，似乎抛弃了某种东西。我想，这种视觉上的冷感，让漆器远离了人的肌肤，进而让人们不愿意去使用它。真正的漆器是非常温暖的，只要摸一下，谁都能感觉到。

我在做的，是把质感重新唤回到漆器的世界里，让它们重新出现在漆器表面，人即使不用手摸，也能感觉到一种柔和与温暖。

确切的形状也很重要。食器的形状是顺应其用途的，比如中间有凹陷，可以放东西，或者外侧有起伏，便于持放。形状是有具体意义的。同样，在漆器的世界里，无论红或黑，色彩也有着约定俗成的意义。按照形状、颜色和意义来选择一件器物，那么选择的理由也能通过语言表达出来，如果看不清这其中的逻辑关联，就遑论"看见"形状和颜色了。

质感则无须用语言表达，不需要意义和理由，也不需要理解，只要去感知就好。坦率地看一眼后心中涌出的即刻感觉便已足够。这一点是我最近几年来一直有意识地在追求的。

我工坊里干活的弟子们终有一天会出师独立，要做他们自己的东西，我唯一能建议他们的，就是"做出你自己独有的质感来吧"。

我并不是建议他们去做至今为止谁也没见过的东西，或者走什么新路线。我想说的是，"做你所感知的""寻找一种能表达你当下心境的质地，把它做成你自己的"。这种质感，可以如深山中遍生在湿润岩石表面上的青苔一般，也可以像日久天长千疮百孔的生锈铁板，或者透明的植物叶脉，诸如此类，这些都不需要理由，只要凝视，便能感到有什么东西在触动人心，如果在漆艺里能找到表现它们的方法该多好。当然，这不是说喜欢铁锈，就原封不动地模仿，而是首先要寻找一个质感与自己内部相通的微径，无论质感是什么样的，"真吓人"也好，"美丽"或"令人沉醉"也罢。找到了路径，感动了自己，于是也会实实在在地打动别人。

我把上面这些想法告诉平面设计师山口信博先生，他给我讲了一件有趣的事。

山口先生在学设计时，上过一门特别的课。在摄影课上，要用照相机拍某样东西时，必须故意不去拍对象的形状，而是拍质感。比如，拍一根电线杆，不拍外观形状，而是走得很近，通过表面质感来表现它。就是说，不拍具有实际功能和实际意义的一面，而是通过拍摄质感，让眼前的世界解体，以此来重新构筑世界。

这么有意思的课，不知道老师是哪一位，当时山口先生也没想起来。

拟似现象学还原

有一种哲学思考方法叫作"现象学还原"。

假设我们面前有只漆碗，或者一根电线杆，通常我们看到它是什么样子，就会认知成什么，直率地相信它是一种自己之外的客观存在（奥地利哲学家胡塞尔将此解释为"自然态度的一般论题"）。非常粗糙地解说一下，所谓现象学还原，是对以上看待事物的方法保持怀疑，暂且收起看待事物的朴素视角，用一种更直率的、更原始的眼光去看。哲学论题本应有严谨缜密的论证，我所说的现象学还原非常粗糙，不能和哲学论点等同，为了区分开，就暂且称其为"拟似现象学还原"吧。

我在前面写了小时候的记忆。那个叫作"太阳"的天体，距离地球 14959.787 万公里，直径 139.2 万公里，形状近乎球体，这似乎是理所当然的事实，就像小时候的一句广告语："前田饼干，理所当然！"但小时候的我并不知道这些。对我来说，只要把眼睛压在平坦天空的凹陷破洞上，就能从洞中看到太阳公公，而大树向天空顶端无限伸展，没什么高度可论，这样才更好玩，更有意思。不用把饼干放到架子上，去拟似现象学还原，我原来早已触摸到了一个鲜活灵动的世界。后来，待到我吃了饼干，长了智慧，太阳已经远去，到了1.5亿公里之外。

实际上，不知从何时起，人类学会了使用语言，从此只能通过一种叫作"概念"的滤镜观看眼前的世界。无论是谁，就算内心希望以一种极其直率而自然的眼光去看待事物，一个漆碗，在其眼中也不过是一个用来盛味噌汤的吃饭道具。但是，对于一个脑中不存在"碗"的概念的人来说，看到漆碗正是遭遇一个未知，也许他会好奇地戴在头顶，也许他会去闻气味，于是，他便与对象有了鲜活而灵动的崭新体验。对于现在的我们来说，世界已被各种概念淹没，很难与之建立一种直接而鲜活的关系。

原始世界难道不是一片混沌吗？直到后来人类才开始耕耘世界，操纵语言，发现原材料，对其进行加工、设计，构筑世界的边边角角。被人类完成的世界丧失了流动性，变得僵硬了。"概念"使世界固化，被概念淹没的世界丧失了温度，一片冰冷。人一直沉浸其中，会喘不上气来。

这就是长久以来我在这个世界中感受到违和感的根本原因吧。我与世界之间隔着滤镜一样的东西，让我找不到与世界直接相通的路径。从古至今，艺术被赋予的使命，就是解体环绕着世界的帷幕，让人与世界重新建立鲜活关系。这是多么理所当然的事，我正在一步步做着确认。

所以我做碗，第一步不是确定形状，也不是颜色，而是质感。

皮肤的比喻

很久以前我与造型师伊藤正子谈起过同样的话。伊藤有个怪癖，或者说是一个爱好，她看到人身体的某个部分会感到兴奋，会一直盯着那部分看，想伸手触摸。她最喜欢的是人皮肤表面的伤痕、疮疤，看到后会不由自主地被触动。但她自己也说不清为什么。我想，伊藤喜欢的伤痕，其实就是一种质感。

我觉得，人是一个袋子一样的东西，一个被称为"皮肤"的薄膜做成的袋子。人被薄薄一张皮肤隔成了外部和内侧，只要我们活着，就无法冲破袋子。比如我，必须一直待在我的袋子里，山口有山口的袋子，伊藤在伊藤的袋子里，我们只能一直滞留在袋中。这是一件非常不自由的事。

皮肤表面的伤痕，是包裹着我们的袋子出现的小小伤口，伤口出现时立刻会有体液渗出。一旦袋子真的被冲破了，便意味着死亡的到来。只要人活着，就必须修补创口，在出现创口的一刹那，也许我们能稍稍从袋中探出头来。我们必须留在袋中，却又不甘心，于是试图冲出，哪怕只一点点，窥看别人藏起来的内侧，发现世界的秘密，由此体验到一种无法控制的恍惚快感。而伤疤，就是这种体验留下的记忆。所以会有人看到伤疤后会兴奋。

为什么质感能触动人心呢？换种说法，为什么人能从质感中感受到美呢？我们感受到的美，都是因人而异、独立存在的吗？我们能断言美的事物都是相对存在的吗？美是否具有普遍性？世上究竟有没有绝对的美，让所有人都为之倾倒？说实话，我有一点相信普遍性是存在的。如果绝对性确实存在，我想那一定是被人、被生命的本质担保着的。但生命的本质，究竟又是什么？

我想，或许是皮肤吧？这个名为皮肤的袋子，在人出生时形成，在死亡后消失。在人的生命存续期间，袋子表面受过无数伤，又都愈合了。人上了年纪，袋上便有了皱纹，形成深深的褶皱。一层薄膜让我有了内侧和外部，或许这层薄膜才是真正的我自己。

我之所以被质感触动，是因为质感隐喻伤痕。不，质感本身就是伤痕，是无数细小伤痕的集合体，皮肤上的伤、物体表面的破口，还有内心表面的创痕 —— 如果"内心"这种东西真的存在，所有这些，也许正是通往混沌世界的入口。

漆，是漆树为了覆盖树皮表面的创口而渗出的树液，树液渗出，会像结痂一样变硬。所以，以疮疤的形状存在的漆，正是内侧和外部发生逆转的一个象征。

我不认同时间是"从过去到未来单方向流动的"这种认知。在我看来，名为"现在"的一刻，就像一层毫无厚度的膜，隔开了过去和未来。我想尽力去划伤这层隔膜，哪怕只是一点点，我想尽力去表达这种感觉。

我与世界之间，有两重阻隔。我被一层名为皮肤的薄膜包裹着，活在袋子里，无法与世界直接相触，而语言则早早给世界下了定义，构成了我与世界之间的无形滤镜。我对世界的违和感，我与时间的龃龉，都需要用质感来表达。我想，那些伤痕，是微小的我的消失点，也是叫作"我"的那层薄膜的消失点。

后来，山口先生发来一张传真。

赤木明登先生：

冠省。

前日我们谈到，质感即伤痕。内外之间轮廓上的伤痕。漆树从森林泥土中挺立而出，伤口上凝结着树脂。这些诗一样的意象让我汗毛倒立。也让我再一次感到自己"正和世界相通着"。设计的不幸之处在于，与世界相比，设计和资本的关系更密切。

后来我大致查找了一下，惊讶地发现，当时我们的摄影课老师，原来是石元泰博先生。

山口信博拜启

我找到了石元泰博先生的题名为《桂》的旧写真集，内文由丹下健三先生撰写。翻开书页，黑白照片呈现出的，不是京都桂离宫的结构、桂离宫建筑本身，就是质感的集合体。

石元泰博《桂》

1971 年｜中央公论社

我的消失点

永恒和一瞬

一条完全透明的带状薄膜，微微波动着，从覆盖着无数碎石的地表顺滑无声地流淌而下。带的长度可能接近无限，无人知其源头，更无人知道终点，不知它从何时开始，到何时结束，一切都是未知。

这是1972年夏天，10岁的我站在五十铃川边，一脸茫然。那是一次家庭旅行，也是我第一次拜访伊势神宫。神宫里什么也没有，只有神社森林的入口处流淌着一条小河，上面架着一座桥。德国建筑家布鲁诺·陶德（Bruno Taut）在著书中誉为"世界性经典建筑"的神社大殿，我都不记得了，唯独念念不忘内宫入口处流淌着的小河之美。那种感觉与喜怒哀乐等日常情绪截然不同，就这样原封不动地浸染到了我内心深处，再没有离开过。那之后，我又参拜过几次伊势神宫，但最初的印象始终没有褪色。

现在我眼前摆着一本写真集，石元泰博先生的《伊势神宫》。翻开书，最开始的照片上便映照着小河波光，让我再一次看入了迷。这位耗时数年将桂离宫拍到淋漓尽致的摄影家，不负众望地将伊势神宫当作下一部作品。但是从神宫官方获得摄影许可是件相当不容易的事，他要在短短期限内用相机捕捉神宫，就像在瞬间决定胜负。在这部写真集里，照片中显现的时间的流动感与《桂》完全不同，神域的空虚感更加炽烈鲜明。在占去整整两页篇幅的五十铃川画面之后，我眼中看到的，不是建筑物，而是映照在墙面和地面上的树荫、阳光穿过枝叶缝隙的斑驳光影。大殿背后，森林一路伸延开去，直到熊野，森之苍茫气象，正是我心目中的伊势景象。

在五十铃川边的那一次"死机"体验，我也不知道该如何形容。大家若有时间，大可亲身前去体验一番。

我想，所谓信仰，指的是是否相信神的存在。但这似乎是一个西方式的问题，一个具备主体性的个体，一边用自己的意志提出"信或不信"的问题，一边给出答案。但是在我这里不是这样。我认为，神不是用来"信"的，而是用来"感知"的，神让人感知到一种无形气象，知道有什么在那里，这就足够了。这种"什么"，对人来说可能是神，可能是宇宙、自然，或是混沌，怎么称呼都可以。

感觉自己正在与某物对峙，正在经历一种超然的体验，只要这种感受超越了日常生活，那就说明自然中确实存在着特别的地点和瞬间。究竟特别在哪里，能感知到什么，谁也说不清。但是我觉得，这种体验和时间有密切关系。自然在一刻不停地变化，但同时又什么都没有变，山依然是山，水无尽流淌，森林看似岿然不变，但林中有四季，有新生和死亡，在换代，在延续，阳光穿过枝叶在地上留下斑驳的树影，也随着阳光的角度发生变化。此时的景色，此时的光线，都只存

五十铃川｜三重县伊势市

在于一瞬。

在我的想象中，将我击倒的，就是这种永恒中的一瞬间，是以永恒为背景的一瞬间的波动。当在不断流淌、不断变化着的景象里感受到永恒时，我便被撼动了。那些纯净的水、清澈的小河，我在10岁之前见过很多次，但是，伊势神宫五十铃川和我以往见到的尽管形似，神却截然不同。我想，是永恒和瞬间的浑然一体，让那里变得与众不同。

有一个词叫"万古碧潭"，是在道元法师所著的《正法眼藏》中《古镜》一卷中出现的。万古碧潭，深碧湖水仿佛吞噬了所有时间，如此静寂，有如永恒止于一瞬。我把这句凝结了道元法师的美学价值观的话，当作自己工作的座右铭。我想，我将要在器皿上刻画下的质感，是静寂下来的世界的流动性，是变化、变迁留下的痕迹。我衷心期盼，这些质感中能显现出永恒。

总而言之，我做的器物，无疑是我的分身。我静立在伊势川边感知到的东西，虽然以一种自然的形象存在于我的外侧，但是同时，又与深藏于我内部的什么发生了镜像般的连接。当连接内外侧的路径打通了，那么之前阻碍和遮蔽了我的这个世界的"定义、概念"就出现了破洞，在我的"皮肤"上留下痕迹，只要所谓的叫作"我"的东西依旧是一张薄袋状的皮肤，在破洞的刹那，我就会消失，与永恒相连。

记号

欧美现代艺术评论中常用到一个词，叫作"index"（记号），指的是动物走过柔软泥土留下的凹痕，即身体实际接触后产生的痕迹，比如足迹。痕迹被记号化，便是"index"。同样指记号的，还有"icon"（图像），代指形象上的相似性，与"icon"相近而有别的是"symbol"（象征）。

记号之所以在现代艺术中至关重要，因为它是一个契机，借此能打破作品的"独创性"这个现代神话。在现代艺术中，一个天才的个人作为作者（如毕加索），用作品表达了完美的自我，而站在鉴赏立场上的人则以解读作品真意为己任。正因如此，绘画完全成为绘画，雕刻完全成为雕刻，而且这些作品必须独立，必须有自己的立意。与此相比，古典的绘画和雕刻，往往或是宗教宣传手段，或是张扬权力的工具。

独立是一件了不起的事，同时也很麻烦。与此相比，"indexical"（指示性）的作品，以作品内侧和外部发生物理性接触为前提，质疑了作品的自立性，抑制了作者的个别性。艺术评论家罗莎琳·克劳斯（Rosalind E. Krauss）在著书《前卫的原创性和其他现代主义神话》（*The Originality of the Avant-garde and Other Modernist Myths*）中有过相关记述。此外，"shifter"（转换词）的概念也被引入 index 里，以此来表现因内侧和外部相接触时发生的"波动"(这是我自己的理解)。

克劳斯发现,20世纪70年代后的看似互不相关的现代艺术,如视觉艺术、表演艺术、身体艺术、照相写实主义绘画等,都具有指示性的倾向,她以现代艺术的前驱者杜尚(Marcel Duchamp)的"现成品"系列作品为例进行了反思。通过指示性的实践,作品的独创性这个现代主义的神话解体了,鉴赏者不再单方向地解读作品立意,而是和作品构成了一种更鲜活生动的关系。她认为,现代艺术由此发展成了后现代艺术。

让我们把话题转回来,对我来说,食器从最开始就是一种后现代艺术。器并不传达作者的个性和精神性,只有在与鉴赏者、使用者邂逅之后,其意义才被解读,继而成立。在我看来(必须强调是对我自己来说),我所从事的漆食器制作这项工作里,不需要极具个性的作者。器原本就是由使用者来定义的。

近代以来,欧美艺术的旧思潮传入日本,作为手工劳动之一的食器制作,也受到现代主义的冲击,相当一部分冠上了"工艺"的称呼。为了在现代化的浪潮中生存,手工劳动开始和艺术发生关系,变成了"工艺",催生出了"工艺制作者"。制作者、手艺人的内核里有一个"近代化了的自我"。

无论"近代化了的自我",还是"制作家性",我真心希望这些东西在自己内部赶快解体。把作品称为工艺,把做陶说成陶艺,把上漆叫作漆艺,如何远离这些"艺",是我长期以来关注的一个课题。当然,这些心愿和课题只限于我自己的工作,我无意将看法强加于人。还有,艺术也好,工艺也罢,都有很多优秀之处让我感动,所以我必须强调,我对它们充满尊敬,绝无否定之意。

相似性

胡塞尔自己也说过，哲学概念里的现象学还原，和宗教里的"悟""启示"类似。对哲学来说，与其对比相似性，精确查找不同之处更重要。

但我的想法恰恰相反，完全"不哲学"。我在本书中写到的松田正平素描中的生命力，古陶瓷中蕴含的诗情，汉斯·梅姆林画笔下的神圣之光，马克·罗斯科的冥想，我童年仰望过的巨树和夕阳，我擅自理解的拟似现象学还原，器的质感，伊势神宫的无上体验，指示性现代艺术，所有这些，既可以看作各自独立的事物，也可以从相似性的角度把它们视为一个整体，思考方式不同，所看到的世界也大不相同。

对我来说，宗教、艺术、工艺、做物，和"活着"是同一件事。但用什么将这些聚拢为一，答案我不能说。当答案以语言的形式说出来，便具有了定义，时间便停滞了。所以，我只能像一颗卫星一样，围绕着答案的核心转圈。

再来做一下禅公案吧。

我在前面说过，假设所谓的"我"是一个皮肤做成的袋子，袋子内侧和外部有区别，我才成为我。同时，每一个"我"身上，积蓄着无数概念和定义，由此和周围的他人区别开，"我"因为和别人不一样而成为"我"。日本人之所以是日本人，并非因为拥有一个特别实体或者中心本质，而仅仅因为日本人拥有有别于韩国人、中国人、美国人、坦桑尼亚人之处。因为不存在中心，所以需要特意建造伊势神宫那样的人工之物。

同样道理，艺术家之所以是艺术家，因为他不是工艺家、建筑家、农夫或职员。因为中心空无一物，所以需要进行一场壮大的虚构。同样，我因为拥有和别人不一样的个性而成为我，尽管很遗憾，我只有在自己的内部通过用语言否定别人，与他人区别开，我才能成为我自己。

如果时代真的发生了变化，也许我们该放弃思考自己与别人的不同之处，放弃思考自己何处优胜，何处不如人。与此相反，我想，真正值得长久珍重的，是自己在做的事情、自己与他人的共通之处。不要否定，要肯定，要反反复复地肯定别人，也许在反复的最后，会走到"小我"的消失点。

到伊势去

我在文章开头谈到伊势是有理由的。

1925 年，时逢大正时代末年，3 个男人登上了开通未久的近畿日本铁道火车前往伊势，分别是思想家柳宗悦、陶艺家滨田庄司和河井宽次郎。不知 3 人在旅途中交谈了什么，此次旅行成就了日后的一大运动。

"民艺"一词在这次旅途中诞生了。民艺与艺术、工艺不一样，但又有重合之处，如果这个新词没诞生，也就不会有后来的民艺运动了。

民艺和艺术、工艺的大幅度重合之处，一言以概之，是三者都充满了美感。而民艺的特别之处，只有一点，那就是"源自日常生活"。

从这个角度看，无疑我也是民艺的后代，因为食器是"诞生于日常生活的，富有美感之物"。

但也可以说，在"民艺"一词诞生的同时，民艺已经结束了。列车中涌动在 3 人周围的热烈空气以明确的语言形式被割裂的瞬间，已经开始冷却了。

自那时起，柳宗悦开始围绕民艺思考"究竟什么是美"。民艺之美，因"无心"而"无名"。无心即自我的消失，所以我们该问，为什么自我消失后，美会浮现？因为无心即"自然"。问题又来了，自然美吗？因为自然中存在着永恒和瞬间的融合。那为什么融合即美呢……如此反复，用语言来回答是不可能的。连柳宗悦也只能绕着一个好似触手可及却总差之毫厘的地方不停旋转。然而，他终究犯了小错误，他出手做了示范。

柳先生曾经说过，要相信自己所选的东西。也不对，也许是后来人这么做了。被选出来的东西确实是美的，毫无疑问，但这是一个悖论。柳先生和一个瓷壶之间生发的美，不过是一种极具私人性的任意关系，只存在于那个瞬间，同一个瓷壶被我遇见时，未必会诞生同样的美。人只能邂逅到独立不同的美感。发现美感确实是一种带着宗教意味的事，但和信仰还不一样，不能将个别误认为普遍而去相信。为什么呢？答案很简单，相信了个别后，就再也遇不到其他了。太多人把示范当作教科书去相信，民艺由此变得僵硬，丧失了原本的自然。慢慢地，生活本身也变了，民艺不再活在日常生活里，民艺甚至不再是民艺。

柳先生的理论更加难解。在近代化的浪潮冲刷下，无名工人逐渐消失，这时意识到了自然之美的手艺人登场了，手艺人开始去指导浪潮中挣扎的职业工匠，由此，一种关于无知工匠和精英手艺人的身份制度被提了出来。也许这是时代的产物，但无知工匠依旧无知，精英手艺人煞费苦心也不可能再现无心之美。这件事从开始就是错的。其实很多工匠充满智慧，精英手艺人的近代性自我只不过是幻想，而如今，只要心有所愿，我想谁都能坦诚地重返无心之境。

柳宗悦生于 1889 年，与德国哲学家海德格尔同龄，两人用各自的方式思考了美的本质，柳先生的美学观更平易，但过分浪漫。当然，个人喜好不同，对此的看法也会不一样。啊啊啊，我在前面宣扬不要否定他人，现在却在信口开河。实在不该，不该。

耻于极端

轮岛的漆艺家角伟三郎先生曾说过这样一句话："做得多了，就能慢慢看到一个新世界。"

那时我还年轻，听到这句话后就老实地去实践了。我向漆艺工匠拜师学艺时正是日本泡沫经济高峰期，只要愿意干，活儿要多少有多少。我出师独立时恰逢泡沫经济崩溃，即便如此，1 个人 1 年加工的漆碗少说 1000，多则 2000。那时我 30 多岁，想趁着体力好时尽量多做一些。那之后，我工坊里工匠也多了起来，现在 1 年能加工 5000 件。不知不觉间，我已在轮岛做了 20 年漆，这期间从我手里出去的食器，数一数大概近 10 万件。

30 ～ 40 岁的 10 年里，每天从早晨醒来到晚上入睡，我一直在上漆，不做任何其他事情。漆活儿非常单调，就像把电话簿书页从右向左一页一页翻开似的，从早到晚，周而复始。我凭着一股子心气把睡眠时间压缩到极限，如此连续 3 天，连续 10 天，身体支撑不住患上感冒，发起烧来，但手里的活儿依旧没有停。人的身体很奇妙，就算在发高烧，假装不知道依旧工作的话，高烧自己会痊愈，但是我能听到身体深处发出什么东西坏了的闷响。单调工序接着持续了1个月，待回过神来，我才发现一天已经结束，而之前1周做了什么，完全不记得了。那个时候的我工作热情特别高，从心底里喜欢干活，甚至看到了幻觉，上漆时忽然感觉有光从身后降临，将我包围，好像看到了观音菩萨。与此同时，还有一个分身在冷静地打量着我，说那是脑内致幻物质产生的幻觉。有时正干着活儿，人就昏过去了，但月复一月，我始终在这种状态下工作。如此10年下来，我开始觉得，我不再是我也没什么关系。进入无心之境其实非常简单。

我以为简单，但不走极端，每天实实在在地吃好三顿饭，在决定好的工作时间里理所当然地默默完成手中的工作，工作结束泡个澡，不逞能，不讲歪理，为人们的生活奉献出优秀之作，这才是真正的工匠。待悟出这个道理，我已年过四十，说起来着实丢人。现在我仍然在为自己和作品的不成熟之处而日日惭愧，所以我说的话就不要相信了吧！

不变与变化

渐行渐远

2007 年 3 月，我所住的能登半岛发生了大地震。

当地制造业和人们的生活都遭受了巨大打击。不过现在，除了亲历者，已经没有人记得这场地震了吧。语言也好，图像也罢，新闻资讯在一刻不停地流动变化，没办法。

地震的一瞬间，在我身体深处，我以人的身份所构筑出来的一切几乎分崩离析，变得毫无意义，那种丧失感深刻入骨。无论是好事还是坏事，能化为血肉留在记忆里的，不是瞬息万变的新闻资讯，而是用肉身亲自体验过的事，被铭刻在身体上的事。所以，现在我最珍重在意的，是身边的人们和伸手就能触摸到的工具。触不到的东西没有意义。如今人们生活周遭充斥着各种新闻资讯，我觉得人和自己能亲手摸到的东西的关系越来越淡薄了。

能登半岛地震一个多月后，像什么都没发生一样，季节如常流转，工坊边的樱花在 4 月末盛开，山林开始萌发新绿。沿着远山的等高线，深绿色从山麓到山脊渐渐渲染开去。山顶附近还没开始泛绿，春天尚未到达那里。

封路许久的能登收费公路终于重新开通了。黄金周即将结束时，我开车从轮岛去金泽，能登距离金泽 120 公里，即使走这条路，从奥能登到金泽也要 1.5 小时，在封路只能绕行普通公路时，要花 3 小时。在地图上，能登半岛不过是向日本海伸出的一个尖，但实际上比想象中要宽广很多。

能登收费公路横穿半岛上的中央山脊，地震时山脊出现 8 处崩塌，损害严重，久久不能通车。时隔许久再次开上这条路，崩塌路段设置了迂回辅路，修复工程正在急速进行。车中还有我工坊里的工匠们，一行 7 人，我们要去参观金泽一家百货商店里举行的展览会。

那天是"轮岛漆艺家角伟三郎遗作展"的最后一天。

一切的一切，始于 1985 年东京日本桥。同样是角先生的作品展。当然了，23 岁的我对角伟三郎的名字和漆都一无所知，但我被会场上的漆器猛烈地撼动了。会场上展示的作品，仿佛是一种超越了物质的鲜明存在。食器是为日常生活服务的一种道具，但是角先生做的食器，有一种超越了道具的存在感，我只能说那是角先生的人格，除此之外再找不到更准确的描述。我当时想，一件食器给人留下如此强烈的印象，这种力量究竟来自何处，根在哪里，这真是个谜。角先生的迎头一击，让 23 岁的我的内心激荡不已，成为我后来去学漆的一个契机。现在 20 年过去，角先生在 2005 年去世，不知不觉间，我已经活到了初遇角先生时角先生的年纪。但是我依旧在做漆的路上无数次迷路，依旧是无根草。角先生去世两年后回顾展终于举行了，不知为什么，我一直犹豫，直到最后一天才携众同去。

我在 1994 年出师独立成为漆师，开始制作自己的作品，和角先生之间变得疏远了。在驶向金泽的车上，我一边回想角先生旧事，一边思索着原因在哪里。

角先生很少评论别人的作品，或给人提意见。他看到别人的作品时，内心里是为之所动的，有时会微笑，有时面露寂寞，有时能看出他很生气，但我从未听见他说出口。

记得我出师独立不久，有一天深夜接到他的电话，迎头就听到角先生一句怒喝："你不能做那种东西！"他喝醉了。那是他弄错了，他在东京的食器店里看到其他轮岛漆艺作者的作品，误以为是我做的。那时，已经有很多人在跟风模仿他，市面上能看到不少"伟三郎风格"的东西。他极度讨厌被人模仿，连我也不能做和他相似的东西。

我不知道他对我的作品是怎么看的。只有一次，我听到他开口，至今都没有忘记。

那是进入 21 世纪后的第一个早春，我去他的工坊拜访，工坊位于能登半岛西海岸不远，山中孤零零一间。以前我们曾频繁见面喝酒，那时已经很少见面了，但是一年里总有一次，我会特别想看看角先生。那天，我带了一件作品过去，那是我刚开始制作的薄胎叶反碗系列里最大的一个叶反钵。我想给他看，听听他的意见。其实我有点得意："我终于做出了这种东西，很不错吧！"想听到一点表扬。但是，伟三郎先生从盒子里取出叶反钵，右手捏住底部高台，抬手拿到眼前，只看了几眼，面无表情地点了一下头，随即把钵塞回了盒子。然后，严厉又一脸落寞地自言自语了一句：

"这叫什么呀，像机器加工出来的。"

我有点伤心，再没多谈便离开了。

不知角先生看到我现在的作品会说什么，他可能会一言不发，照旧表情冷峻吧。不，他可能会鄙弃地说"火候还不够"。但是面对他令人恐惧的否定态度，我所感受到的冲击，并非难过和不安，相反，几乎是一种曲折的喜悦。

我在第一次看到角先生的作品时，便感受到一种魅力，未知，如谜，与我迥异。那种魅力究竟是什么，我现在也说不清。

但是，无论我怎样尊敬他、爱戴他，我终究不是他，也不是他意志的继承者。让我去模仿他的手法做相似的东西毫无意义。从开始独立制作的那一刻起，为了成为我自己，我必须离开他。无论内心有多少亲近感，多着迷他的东西，我都必须离开他。通过离开，我才真正地成为了我自己。

角先生心思敏感，很为人着想，他一定隐约感到我想离开，于是自己先告别了。哪怕用的是鄙弃的方式。我至今觉得，他在强烈地否定了我的同时，也尽情痛快地给了我鼓励。对此，我心中充满了喜悦，疼痛而锐利。

出现在形状上的自然

把自己做的叶反钵送给角先生后，我踏上回程，在水气苍茫的海岸边捡了石头。从他的工坊下山，迎面就是一片面临日本海的鸣沙滩。沙子颗粒很细，水景优美，从前走过这里时，总能听到脚下沙子在响，但现在无论我怎么下脚，沙也一片无声。

波浪冲打着一望无际的海岸线，沙滩上有无数冲积而来的圆形石头。不知为什么，石头的大小形状都很一致。看起来相似，拿到手里却发现颜色和形状都各异，而且每一个都完美。这种完美不知源自何处。不，应该换种说法，为什么我做出的形状无论无何也接近不了这种完美呢？为什么带着"像机器加工出来的"的不自然呢？

我捡起一个又一个石头，又将它们放下，放下后复又拿起。石头的形状让我自己的东西相形之下如此不自然。最后，我放不下手中的石头了，决定带一块回家。石头带回家未必有什么用，我只想随手把它放在那儿。

那之后，我再没有去过角先生的工坊，但那片名为千代滨的海滩却常去。因为常去，我家里窗边、玄关一角、阳台、工作室的架子上到处都是石头，就像是被风吹来的一样积落在那里。石头既不冰冷，也无暖意，只静静存在着。我每天都会凝视它们。

遗作展会场的白色展台上放满了我初遇角先生时相同的碗和盘子，有种令人怀旧的 20 世纪 80 年代气息。说实话在这次作品展上，我没有看到特别令人心动的。那些作品像是临时拼凑到了一起，没做取舍，直接摆出来而已。无论多么优秀的作者，作品也有优劣之分。像这种作品展，更得做一番精挑细选才好。

说到角伟三郎，人们大多想起他强烈的作品风格，眼前会浮现出他直接用手沾漆像抚摸一样给碗上漆，或者用布沾满漆直接拍上去的情景。其实，这些是杂志和电视在制作他的节目时，为了引发对漆毫无了解的观众的兴趣而设的看点，角先生像演员一样配合了媒体。确实，在一般漆艺工匠看来，那些大多是刺眼的噱头，但这一点很招揽追随者。

对我来说，角先生的魅力完全在别处，在他乍看粗犷、实际上却如蛛丝般摇曳纤细的造型上。那轮廓线的微妙变化之美让人落泪。我一直在想，他究竟是在哪里捕获到这种造型的。20 世纪 80 年代盛行质感大胆而激烈的东西，他的纤细被掩盖了，非常可惜。不细看很难察觉到的美感，才是他作品的最大魅力，可惜这次遗作展也未能展现这种美。

我跟在徒弟们背后，远观他们欣赏作品时的表情。我早不是 23 岁的我了，早已不是一无所知的纯真的我了。说来难过，即使看到同样的作品，当年那种鲜明震撼再不会有了。与此相比，现在我更想知道的，是年轻一代看到他们不熟悉的角先生的作品时会是什么反应。

生命感的由来

"就像贝类在沙子里蠕动着伸出来的嘴的形状！"角先生经常说这种令人似懂非懂的话，或者干脆来一句"给我做个好看的！"，把器的造型完全交给木地师。所谓造型，凭木地师一己之力是完全不够的。因为是角大师叮嘱下来的活儿，木地师才从多年经验里，不，应该说是从累积在轮岛的漫长时间中，挖掘出了角先生想要的形状。现在曲物师、木地师、指物师、剞物师们捧出的用心之作，其形状，无疑早已深埋在祖先世代工匠们的心血传承里了。无数被积累的时间，消除了形状上的人工的不自然。角先生发现了这种美。这是一种如果不唤回到现世，就将永远湮没的美。如此看来，角先生身上有一种能吞噬合作工匠之力的怪物般的恢廓。

他从不将自己凭空想象出来的形状强加于木地师，基本上，他是任由木地师自由发挥的。他们复制了很多传统合鹿碗，如果仔细看，会发现制作时间不同，形状也有微妙的差异。在角先生那里，没有固定不变的形状。

保持一定的变化幅度，形状就诞生于木地师身上流淌着的血和原料的相接之处。形状本身的自由随意，让角先生的作品充满了生动灵性。自然与生命原本就是恣意的，而人工和机械，只强调了造型感，否定了自由和随意。角先生在做的，是保持木器造型的恣意感，将漆作为涂料重叠在木器表面而已。他本职是沈金师，原本自己不上漆，尽管做不到专业漆师的完美度，他还是始终坚持自己动手。

漆这种东西，只有经常触摸，长久使用，才会懂。漆展现出来的气质风貌，只有在漆匠和素材的对话之中才能诞生。我想，木地原型也如此，漆匠其实不懂木的奥妙，只有一直亲身接触它的木地师才有心得。角先生一人兼通了两项。

古代合鹿碗上有一种因加工技术不发达而呈现出的原始粗犷质感，这也是角先生的终生追求。

他具体的做法是，省略掉传统轮岛漆艺的打底和最后的研磨精加工，只做中间步骤。不打底，不覆盖木纹和增加强度的布的纹路，不反复研磨以至形状齐整，不精加工以求漆碗看上去均匀光滑纤尘不染，只上几层漆，让木器能用，便够了。这正是古代合鹿碗的本来之姿，也是角先生一直在追寻的，他一面将这种古貌重新唤回现代，一面寻

角伟三郎｜合鹿碗
1986 年｜高 11 厘米

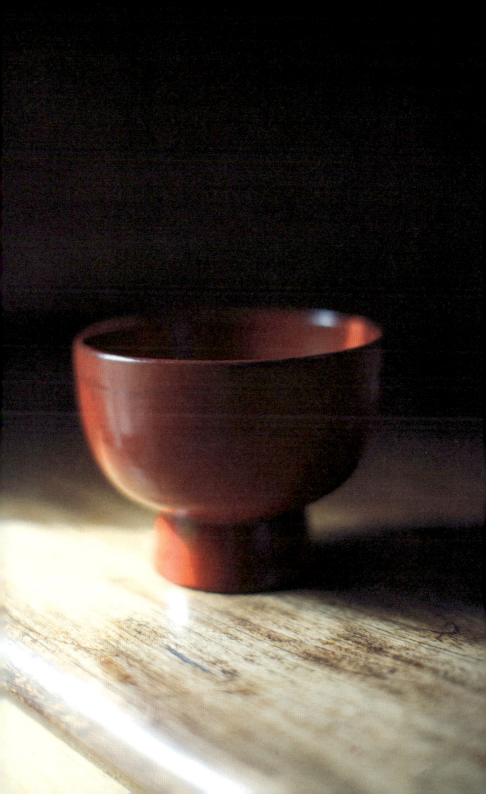

找着一种若隐若现于阴影边缘的美。

古合鹿碗的上漆工艺不完善，正搭角先生的漆技。

我曾多次听他说过"做得太完美就显得无聊了"。这话说得有点倔强别扭，根底里是遗憾，因为他自己的技术无法让他满足。工艺上的不成熟，会令人感觉到一种天然和母性之力，技术趋于完美的人即使想以人工再现这种氛围，也会显得虚假。我想，正因为角先生实实在在地对自己的技术抱有遗憾，又不甘心，所以才做到了重现古合鹿碗这件事。

就这样，我看着角伟三郎遗作展，想起了很多事。

变迁之中

从金泽回轮岛的路上，我向20多岁的徒弟们问起观后感，每个回答都那么暧昧，没有一句话能击中我。这二十几年时间都改变了什么呀。20年前，不，我至今仍然为之所动的魅力，难道真的消失了？这就是时代的变迁吧？难道一切都被相对性的大浪席卷走了吗？如果真的有变化，那究竟是什么？

确实我也感觉到了，以20世纪90年代初期为界线，社会氛围陡然改变，原因也许是泡沫经济的崩溃。20世纪80年代的食器充满厚重感，拥有着前所未有的力量，沉甸甸的，流溢着生命力，那时的人们以此为好。随着时代变迁，人们才开始觉得轻和薄才美。我自己开始制作轻而薄的漆器时，经常有人问我："为什么做这么薄的东西？"我会笑着回答："你看作者本人就知道了，他的存在就这么轻这么薄。"时代氛围的变化和表面的流行不一样，源自更深层的地方，我想，那是因为存在感稀薄的人们，在自己的皮肤上划出了伤口，开始探索生命的实感了。

20世纪80年代是一个厚重与质感并存的时代。20世纪90年代则是轻薄与质感相结合的时代。从厚重到轻薄的转变，也许有人将其视为一种衰退，但也有人从中感受到了一种静谧沉着的安定和成熟。慢慢地，到了2000年，时代空气又发生了变化。

难道潮流变了，物的魅力便消失了吗？并非如此。一种普遍性的出现，必然裹挟着时代里最辉煌最引人注目的东西；一个时代里最耀眼的事物中，必然存在着普遍性。一旦时代的光芒褪色，即使是货真价实的好物出现在人眼前，也会被忽视。但就算被忽视，它也始终在那里，既不被时代席卷，也不会发生变化，只是如果不被瞩目，没有人使用，难免要被人忘记。就是这么回事吧。现在很多年轻人上我门来求教漆之道，让我惊讶的是，问起角伟三郎，很多人连这个名字都不知道，不用说，我劝请他们原路返回了。

那天，在回能登的路上，我隔着车窗看到盛开着的棣棠花，细枝蜿蜒仿佛伸展开的手臂，花色浓黄，在斜坡上开出了一片海。不知它们何时开起来的。花色虽艳，香气却清淡，我整日待在工坊，直到此时才注意到花已盛开，大概因为花香太透明了。

很快，夏日将至，到了熟制精炼生漆的时候了。

返回森林

树木之思

我喜欢种树。

我的家位于一片谷底，所在处原本是一块日照良好的菜田，周围树木被伐光了，野草茂盛，长得和人一般高。

我割掉野草，借来农机整了地，建了一所小小的木头房子，左右无邻。那边厢盖着房子，我开始在周围种起树。

盖房的木匠警告我："树种得这么近，会损伤房子的。"我假装听不见。在开工前，我已经想好了一个被浓荫覆盖的小屋的样子。就像汉泽尔与格莱特[1] 遇到的糖果小屋。这里没有树，所以必须种树。

虽说要种树，我并没有从花木店里买树苗，而是扛着铁锹到附近山上，挖了生长在不见阳光之处的羸弱小树。其实我不知道山林主人是谁，说白了就是偷，动手时还要注意着避人耳目。当时正是落叶季节，我也不知道自己挖的是什么树，就随意种在了空地上。这些来自大山的生命底气十足，没被特别照看也长得茁壮。或者说，这片土地

1　汉泽尔与格莱特，格林童话《糖果屋》中出现的人物。

上原本就有着能养育生命的东西，堪称地力。慢慢地，我懂得，只要随着节气种下树木，剩下的，交给地力便好。

如今，房子建成已近 20 年，我们一家、这座木屋还结结实实地立足在此。周围的树长势非凡，早已凌驾了小小的人工建筑。

远远望去，正如我梦想的，绿树如盖，包容住了房子。很好很好。那些不过几十厘米高的小东西们，不到 3 年就长得比我还高，现在已经遮住了房子的大屋顶。

随着树木长大，我也渐渐知道了它们的种类，多是橡树、榉树、野栗、枫树等，长势最好的是山樱，有的至今也不知是什么。我种时没有规划，随意而为，其结果是现在它们长成了一片杂木林。我与它们共同生活，无数次被树木旺盛的生命力，不，应该说被其贪欲和过剩震惊。常常有人讴歌树木是温柔环保的，我想这些人不知道树的真面目。植物确实有温柔环保的特性，但这只是一个侧面而已。

我家四周的树相当野蛮霸道。它们不管不顾地兀自生长，从来没有"客气敬让"这种人类情感。它们向上生长，展开枝叶，一心要比其他树占有更多阳光，完全不考虑有的树在激烈竞争中失败了，该发发善心分享给败者一点阳光。它们长得越高，树冠越广，一副意欲独占世界的样子。伴随生存竞争而来的是过剩，树在满足生存需要之外，又繁衍出数不清的枝叶，出现剩余后，便无情抖落。生存竞争中，败者慢慢枯萎，树干被虫腐蚀，唯有清冷地颓倒，但胜者才不会去留意败者。胜者的旁若无人之姿甚至让人畏惧，这种肆无忌惮的贪欲和过剩才是生命的本质吧。

我家房子上没有雨水管，雨水管这种东西无论怎么安装都没有美感，我从一开始就没有考虑装。另外如果有雨水管，去除堵塞管道的落叶也是一件累人的麻烦事。

果然不幸被木匠言中，树和房子距离太近，树荫下湿气难散，缩短了房子寿命。不见阳光的外墙木板开始因潮湿而朽坏，揭开便见无数飞蚁。嗯，这样也没什么不好。窗户开着，落叶甚至会飘落进房间。这样也很好。大风起时枝叶互撞，我也跟着闹腾起来。这样也很好。

说起来，我原本也没有希望这座房子世代相传，只要我活着时它还在就足够了。它是我的任性而为，孩子们没必要继承它。我还有一个梦想，自己手植的树木长成森林，房子被森林吞没，慢慢消失。房子没有人住，树木会立刻毫不客气地入侵，一切会立刻腐朽为尘回到大地，这正是我期盼的。我能做的，是不在这里置放无法还原于土的东西，让房子干干净净地消失。

现在，我在临溪而建的露台上写这篇文章。抬头，山樱枝叶如盖，上面结满小樱桃，山雀和黄鹂鸲在枝叶间飞舞啄食。闭上眼睛，静听小溪潺潺，野鸟鸣叫，我有一种此地非此世之感。这种一边想象着房屋被森林侵吞的情景，一边暗暗涌起的欢愉，究竟是什么啊？

如果说贪欲、过剩和"无情"是生命天理，那么衰者被盛者吞噬也是自然之理。有生命的东西，有形状的东西，都难逃此命运。我自己在这个盛衰循环里，一边挣扎搏斗，一边心生欢愉，这件事，和做物的根本是相通的。

石块之思

露台上堆着很多我从海岸和河滩上捡来的圆石。这些石块被不可抵抗之力冲入水中，在摩擦中失去细节。曲线圆润的石头看上去皆美，因为形状显示着它们正在被摩擦减损的路上。

> 被摩擦减损的东西告诉我们一个真理，终结正在迫近，同时又被无限地延期。就像昨晚被雷击的大树一样，内部正在缓慢地腐朽。斯威夫特[1]对愚者侍从说，身在衰亡路上亦是一种欢愉。或者说，原型逐渐被遗忘是一种欢愉。
>
> —— 四方田犬彦《磨灭之赋》

《磨灭之赋》是一本难以形容的随笔集，下笔慈悲，主题是因摩擦而减损之物。反复阅读任意一段，都觉得意味深长。每每读到碎石被水冲刷而渐渐消失的段落，我都会抚摸身边的圆石，享受那一刻。无论我有没有意识到，我之所以对掌中圆石心生共鸣，是因为其中存在

1　斯威夫特，指的是英国作家乔纳森·斯威夫特（Jonathan Swift,1667—1745）。

着真理：要对磨损之物心怀慈悲，要学会接受无法抗争的自我命运。

磨损因与他者发生碰撞而生。圆石形状皆因外力而形成。加在石块上的力量均来自偶然。水流没有选择岩石，石块没有计划性地滚落入水。成形的石块看似相似，实际上在幅度上各有不同，没有完全相同的二物。啊，不，不是这样的。水要从高处流向低处，破碎的岩石会滚落水底被冲去锐角。并不是水流之处偶然有岩石，这本就是依据自然法则形成的地形上自然会发生的事。嗯，石块被赋予的形状，究竟是出于偶然还是必然，我也说不清楚。我凝视着石头，种种思绪在头脑中翻滚。唯一可确认的是，石块的形状上承载着命运，承载着它终将磨损消失的必然性。磨损途中显现出来的形状只存在于此时一瞬。石块与我的邂逅，是发生在刹那的偶然际遇。所谓偶然即瞬间际遇，那么无数偶然重叠在一起，是否会成为必然？或者说，在必然里折叠着偶然？在一块石头的形状上，偶然与必然这两种对立存在同时出现了。

在自然之中，如果必然和偶然是和谐相处的，那么与其对立的，是因计划、意图、目的而成形的人工之物。我做出来的漆器，也因外力而成形，是在人手、刀刃、刷子的作用下才有了形状。但是，同样来自于外力，石块和器皿却大不一样。加在器皿上的力量，充满意图和计划，"目的性"让器皿成为可以使用的东西。所以，器之形并非偶然，也不是自然法则中的必然。如此直白浅显的道理，此时我才恍悟。石块的形状上，没有任何目的性。

说不定，制作器皿，是一件在充满目的性的过程中遭遇偶然、又收容偶然的事。

根来之思

2009 年秋天，我在东京的大仓集古馆观看了一场根来展。

不用特别解说了吧，"根来"原本并非漆艺手法，最初平整均匀的漆面，经过几十年、几百年的使用、摩擦和减损后凋落，现出破败之姿，才被称为"根来"。

越在古代，朱色越高贵和高价，所以只在漆器表面涂一层。常年使用中被人手触摸的部分，承载食物或物品的部分，会慢慢损伤，表面朱漆磨损变薄，露出下面的黑漆。木材质地也会恰到好处地弯曲变化，产生龟裂，导致漆面剥落，现出褴褛的魅力。

器物并非为褴褛而褴褛，它们只是在偶然的外力作用下一路枯败，在为数众多的枯败之器中，人们依据自己的意图择取了枯败得正有味道的器物，把它们放到一起，做成了这次展览。

"根来"之名据说最初是江户时代茶人之间开始使用的。我在《造物有灵且美》中写过，从前所谓的"侘寂"，是一种看到了另一个世界的美，这些"另一个世界"，我想，是万物丧失掉形状轮廓，再分崩离

根来瓶

室町时代初期 ｜ 高 32.5 厘米

析到消失不见的那个世界，是一个肉眼看不到、万物丧失现实意义的
世界。

人们对根来的喜爱玩赏，表明了人们看到了根来必将湮灭的命运，
最大限度地享受着名为"现在"的一去不再来的偶然。

欣赏展品时，我发现其中掺杂着一些"仿根来"。仿根来上的旧痕，
恐怕不是长年累月使用中产生的，而是在修理等过程中，为了强调古
旧风味而人为加工出来的。这些东西上难免有种轻微的违和感。但是，
这种违和感，恰恰与我对自己的作品不得不抱有的一种感情强烈地结
合到了一起。

我在前文所说的铭刻在器物表面上的质感，也让人预感到了事物
的终末。质感是一种人为添加的器物风味，不知从何时起，我开始对
它们产生怀疑。不得不说，质感中多少有点"腻歪"的感觉。关于质
感我在前面讲了许多，而现在，我正试图从自己的作品上消除质感。

"茶道世界里曾经只推崇唐物[1]，直到千利休出现；也许就在利休把
漆器茶入[2]放进茶室里的那一瞬，日本茶的时代开始了。"

1　唐物，中国宋代的名贵陶瓷茶碗。
2　茶入，日本茶道中装浓茶粉的小罐。

101

这是千宗屋先生在银座展览会第一天的脱口秀上说的一句话。在侘茶的空间里,漆黑色的枣形茶入便如一滴露,小小的一只,兀自闪烁着温润之光。自那一刻起,我开始思考在那个空间里,究竟寄托了利休怎样的一种情怀。

"质感"的语源,是布匹的经纬双线重合织成的痕迹。不同的素材交织在一起,走到一个顶点后,开始出现败落,崩塌过程是肉眼可见的,人们从中看到了时间。袒露在外的表层,不,应该说是被人为剥落出的表层,向人们讲述着过去以及尚未到来的未来。时间的彼端,是确切无疑的没落湮灭。但是,逆流而上也是可能的。用语言也许很难说清,崩溃和消亡中蕴藏着无穷之力。在一无所有之处,正有什么在诞生,在开始。转瞬即逝的水滴里也蕴藏着生命,彰显势力的葱郁大树的根部,刚刚发芽的微小之物如此羸弱,却又蕴含着无法质疑的强韧之力。生命力是种质感,和终将磨损消亡的质感矢量相反。

绘画的世界里有一个表达质感和素材感的词汇叫"matière"(肌理),在这里,我想把会渐渐磨损的质地叫作"texture"(质感),把从无中生出丰盛的质感叫作"matière"(肌理),因为,在肌理中,隐约有着一种表达素材进深的语感。

话虽这么说,我并没有停止做有质感的东西,我希望自己能兼容这一矛一盾,让更多的东西在我身上多义地存在,不必互相对立,不必统一意见,不必否定什么,原封不动地存在着就好。"肌理"和"质感"的共生,让器物有了归处,一个新的循环由此诞生。

21世纪的肌理

2010 年春天，我去东京观看了一位刚从轮岛出师的年轻人的作品展。对手艺人来说，第一次展览会当然只有一次，我喜欢其中的紧张感和新鲜劲儿。最近几年来，我看了很多新人做的器物，感到质感正渐渐从作品中消失。

20 世纪 80 年代的强有力的质感，到了 90 年代变得稀薄，随着时代的变化，进入 21 世纪后又变成了空气感。所谓"质地"，是混合不同素材，创造出时间；而"肌理"则通过对纯粹性的探求获得永生。"肌理"中蕴含着作者和素材的对话，探求的是素材的纯粹性，将自然的漆精磨到极限，寻找漆的深度。自然充满多样性，如漆也有凶恶丑陋的一面，而我们需要做的是，在多样性的漩涡里寻找出自己觉得舒服的东西。就像即使是肆意成长的树木，人也能从中找到慰藉人心的一面。

年轻人的探求刚刚开始，那里已经有我所不知道的力量在发生作用，教给我很多。我得在展览会场里多多细看。以传统作品为原型，不添加赘饰，做直率的表达，这是好事。当然没有作者问我意见如何，我也没有直述感想，但若有人问，我会这样回答：

"我认为，美的形状不是人通过思考就能创造出来的。"

漆师自己做不出器物原型，只能把设计转达给木地师，交给他们去做。如果我自行定出一个完美的形状，反而不易做好。站在木地师身边，一边交谈，一边共同制作样本时，如果过分执着于自己的想法，反而会一团糟，怀疑和不确定会体现在器物的形状上。这种时候有图纸也徒劳。就算把执念中的形状做出来了，也不过是自我满足的水准而已。

木地师把刀刃抵到了木头上，轮廓线在瞬息间发生变化，对细微一线的把握会影响到全局。在漫长的时间里，有时忽然一个瞬间，一个美妙的形状出现了。但这和人的意图没有任何关系，只出现在偶然瞬间。人唯一能做的，是将内心化作一片空白，耐心候其出现，将其捕捉。

美的形状只出现于偶然，若想邂逅它，只有耐心等待。

2001 年早春，在位于能登半岛西端海岸线附近的角伟三郎工坊里，我给他看了我刚完成不久的作品。角先生当时的一句自言自语，我现在忽然想起：

"这叫什么呀，像机器加工出来的。"

我想，角先生想告诉我的，就是这些话吧。

生活工艺周遭

游山海

2010 年 8 月上旬，我突然被逮捕了，罪名是涉嫌违反渔业法，非法捕鱼。

在浮上海面之前，我看见了海岸公路上形色可疑的车和人影（当然真正形色可疑的是我自己），感到苗头不对，就把捕获的东西藏到了礁石后。

是本地渔业协会的监视员报的警，接警赶来的派出所警察看上去很好说话，只要我一口咬定只是在海里游泳，就能糊弄过去，但随后赶来的两位年轻警察目光锐利，和负责勘察现场的大叔一起展开搜索，找到了我隐藏的东西，一点不漏，我就被抓住了。啊，好难为情。

警察当场把我捞的海螺摆成 5 行，指了一个方向，命令我把脸冲向那边，先拍了纪念照，不，应该说是证据照。接下来拍了鲍鱼，咔嚓。然后是捞鲍鱼用的钩子、捞鱼用的圆网类工具，咔嚓，咔嚓。到了这一步，我笑不出来了，但尽可能地保持冷静。最后，看在我是初犯，或者说是第一次被抓到，警察给了我严重警告。我按照格式写了

一封经过说明，被无罪释放了。

和倒卖海产的半职业偷鱼人不一样，在夏天里我会和家人朋友去海边游玩几次，获取微量的来自大海的恩赐，说起来也只是招待亲友做个下酒菜，有必要被如此监管吗？在过去，去海边不是住在附近的老百姓的小乐子吗？我满腹牢骚，但是毫无用处。违法就是违法。

捕鱼量减少的原因无疑是环境问题。混凝土覆盖了海岸，海岸线上漂着各种废弃垃圾，原本保护孕育海洋的山野森林正遭废弃，这些都无人过问，我们这些生活渔猎者却被紧盯着不放，这似乎有些本末倒置。虽然心有不甘，但我知道，可能这正表明，渔民们的处境越发艰难了。这世界真没意思。至少，应该像内陆河川捕捞香鱼那样，居民缴纳捕捞费就能得到一部分捕捞权，政府或制定一个合适的捕捞法，或将观光捕鱼当作旅游资源加以活用，这件事是有灵活变通的余地的，难道不是吗？

以上这些当然不是本章的主旨。他们把大海从我身体里抢走了，整个夏天我过得毫无滋味。由此我悟出了一点：游弋于山川大海这件事，对做东西的我来说，是多么重要。

那年秋天，日本全国各地的山野里蘑菇长势格外好，为了挽回一夏的无为，我燃起熊熊生命之火跑到了四处的森林。

10月上旬，在能登，有一种每年几乎都在同一天、同一个地方出现的宝物一般的蘑菇。它是枝瑚菌的一种，当地人称其"好味茸"，据说能登地区的这种蘑菇有一种特别的遗传基因。此茸出现的具体日期和地点，对自家人也要保密，只偷偷地惦记着，凌晨天刚亮就悄悄起身，直奔深山。不知各位是否听说过"仙女环（fairy ring）"这个词？蘑菇其实是一种"花"，菌类的菌丝在地下呈放射状成长，顶端绽放出蘑菇，只要各方面条件具备，人们能看到直径数米到数十米的环状蘑菇群。能登有一种叫作"布引"的蘑菇，类属红菇蜡伞，它的仙女环就非常好看。

　　而今年又胜过往年，泛着淡淡桃红的蘑菇从山顶一路漫生到山脚，像上等丝绸轻柔漫卷，蘑菇们仿佛精灵，排成行列静静起舞，让人看得入神。我背着已经装满了布引菇的背篓，翻越一个山巅，两个山巅，走过山谷，到达了目的地。好味茸颜色纯白，个头很大，知道地点就很容易找到。我先在厚厚的落叶下发现了小蘑菇的伞尖，明白了还需再等两三天，才能看到仙女环，于是转向山林更深处，独自走了进去。

　　倏忽之间，远处的树开始晃动低鸣。我停下了脚步。片刻之后，风吹了过来。我用全身感受着浩荡而来的大风，抬头仰望树梢的彼端，一种熟悉的感觉在身体中苏醒。接下来，我必须要讲述我无法用语言形容、而身体早已感受到了的"一件事"。

无我的世界

　　我想，如果用我在海里的经验来讲述这件事，应该能更好地传达给各位。

　　不带氧气直接深潜入海捕捞鲍鱼，必须先憋足一口气，让自己潜入光线幽暗的海底。白天，鲍鱼通常躲在海底石块背后。猎物总是存在于人的欲望和身体极限的交界点上。在濒临越界的一线上，我的手臂穿越到了交界点的彼端。如果我穿越了交界点，或者说我穿破了薄膜，肉体马上面临毁灭。一个微小的错误决断，会立刻导致生死逆转。日本近海中虽然少见袭击人的凶猛生物，但可能性不是零。作为我欲望的对象的猎物，和即将夺取猎物生命的我，两者的处境很容易逆转。在海底，随时存在着主客的逆转、生死的互换。在这里，"我"已经不存在了。当我用身体深深铭记住这种"我之不存在"时，我便获得了自由，像海蜇一样，漂游在海里，与大海合为一体。

　　正好，我得为年末作品展的邀请函写几句话，于是有了以下几句：

因为与自然交融，人才有了做物的能力。

通过做物，人又与自然交融到了一起。

自然是一个无我的世界，在那里，一切都保持着本来面目。

虽然只是想象，我想，狩猎采集文化持续了一万多年的绳纹时代（前 14500—前 300 年），其精神主干就是这种感觉吧。看过绳纹时代的石器和粗陶就能感知到这一点。因为我在石器和粗陶的造型里，原原本本地看到了我在深山密林里，在光线幽暗的海底遭遇到的那个界线，所以不由得开始了绳纹时代古物的收集。当我紧紧抱住巨大的石棒，发出一声感叹时，立刻有一种抵达了超越时空之境的感觉。那种感觉属于远古时代，那时世界尚未被命名。而我，已经在一个充斥着各种定义的世界里活过一遍，早已无法回到过去。

叫作"我"的实体，不知在何时被冠上名字，被明确了定义，被固定，再无法改变。但是，在森林中，在大海里，在自然天地里，我任由天地处置，能一直无穷地变化下去。

被命名的名字

10 月中旬，当我像个野人一样游荡在山野中时，金泽 21 世纪美术馆举办了一场非常有趣的展览，命名为"生活工艺"。

那时，我还没想好名字（本书书名），觉得还有时间，不着急。

不知从何时起，"生活工艺"这个定义已经开始独立行走了。几年前，我和做木工的三谷龙二，做陶器的安藤雅信、内田钢一四个人商量过要合伙做一本名为"生活工艺"的杂志，几番商榷，最终却没能做起来，大家再也不提了。现在回头想，这样也好。那时我们几人各自的想法、如今金泽的"生活工艺"展、这本书里我想表达的东西，几件事正在重合，重合得既广泛，又点到辄止。它们已经确切存在于我们生活着的世界里，但尚未被明确地语言化，仿佛水天交界处一样朦胧暧昧。虽然一片混乱，但新的语言正在诞生，所以我有必要做一些整理。

已经确切存在的事实，我想是以下这些：

"手工制作生活用品的人正在大量涌现。"此话一出，一定有人会反驳:"这不是很明显吗?还用你说,这些东西一直就是存在的!"表面上看确实如此,但我认为现在的状况和以往大不相同。若要细数其中的不同,与"民艺运动"相比便很容易说通。

民艺运动有一个中心,而生活工艺没有,这是至关重要的。柳宗悦是民艺运动的中心,民艺运动是一个将柳先生的个人喜好推广开并大众化的运动。我并非批判民艺,只是想说,现在的手作潮流,和民艺有些不同。

众所周知,在蒸汽动力和机械出现前,人们一直用手做东西,与自然和土地紧密相连,工业大规模发展后,手工制作被工厂机械化取代,出现了所谓的工业化、商业化。在手工制品中,最早或者说最容易被工业化的,是日用杂货,是那些我们在日常生活中要用到的东西,日用餐具、日常服装、普通住宅等。在商业化的世界里,一些精美的、充满个性趣味的东西依然在手工制作,尚未被取代。放眼身边的日常用具,我们会发现自己正被大量工业制品包围。而这样的世界,无法让我满足。

民艺是一种思潮。在前近代到近代的演变过程中,有些生活用具难逃被时代淘汰的命运,而民艺运动将这些东西看作一种美来重新认识。

在柳宗悦的年代,只要走出大城市去乡间,就能找到根植于土地的、与自然共生的生活方式和手作之物。如果我生活在那个年代,肯定也会强烈希望那些即将消失的东西长久地保留下去。但是,我们如今所在的世界已经被商业化侵蚀殆尽,无论是深深扎根于泥土的人,还是与自然共生的人，都只存在于虚构故事里，现实中无处可寻。

活在自然天地里，应生活所需而做物的人，和把自然当作原材料来加工、在工厂里做工业制品的人，看上去相似，内核则完全不同。那些与自然共生，随时能置换主客立场的人，是做不好工业的，他们必须将自然视作一种外部存在的对象，同时将自己视作一个支配自然的主体，去构筑一个没有肉体的完全理性的自我，而我已经变成了这样的人，这是我无法忍受的。

但我无法阻止自己变成这样。柳先生所说的"无名性""无心之为"，都不过是对已逝旧事的乡愁罢了。在已经商业化的世界里，工厂的员工们被强求"无名性"和"无心而为"。而柳先生自己，也已是一个"理性的自我"的化身，他要与一个急速商业化的世界对峙，就需要构筑出一个强有力的中心，这个中心，就是充满乡愁和力量的"柳宗悦的个人偏好"吧。

平行式的做物

我一直以来的理想（和柳宗悦）有些许不同。大规模生产、大规模消费是时代所向，已无可改变，其中虽然充斥着大量无名工人们无心制作出的平庸无味之物，但也能挑选出好东西。

比如葡萄酒。只要热爱美酒，不，应该说只要对葡萄酒有个人偏好，循着偏好而去，总能落到具体某一年份法国某个地区某座村庄某块葡萄园里的葡萄和酿酒人。最终，对美酒的追寻会落到具体的个人身上。还有和服、漆器、钢笔，在这些与个人嗜好有关的东西上，也残存着一个可追寻的世界。这些年来，这个世界在扩展，过去只在精美豪华之物上才能看到的天然材料和手工制作一度消失，但现在，它们正在日常世界里复苏。担负起用天然材料来手工制作这项重任的，是20多岁到30多岁的年轻一代。手工制作不仅限于器物，还有扫帚、室内拖鞋、皮包、布玩具、婴儿围嘴、抹布和炊帚，这些遍及日常生活各方面的物品过去由工匠们打造，现在在个人制作者的手里获得了新生。

而使用者，现在也能按照个人喜好选择最喜欢的制作者了。个人作品与大规模生产出的生活用品并列，使用者可以从中找到自己最喜欢的，最合自己心意的人了。那里没有中心人物，没有一刀切的高低顺序和价值观。一切物品平行存在。工业制品也好，民艺也罢，哪怕是民艺风格的仿品，现在也是选项之一。不喜欢柳宗悦风格的人，可以无视民艺，而喜欢它的人，自会去珍惜。如果有人问我自己怎么看柳宗悦风格，我会回答：我很喜欢！

　　这新一代的手工制作该怎么称呼呢，目前还没有名字。

　　新一代人的自我是怎样一种存在呢？他们和前近代的"万物有灵论"式的自我、近代一神教般的拥有核心和阶级秩序的理性自我有什么不同呢？我想，其不同之处已经显现，开始有了轮廓，但如果要用语言将其明确化，这不是身为一介乡下漆匠的我该做的事。

另一个中心

接下来，我想用所谓的"艺术"，和还没有名字的东西做个对比。有人在求索两者间的不同，为寻找一个轮廓而彷徨，也许，这个对比能给他们一些启发。

对艺术最狭义的解释是，艺术即历史，意即新技术、新表现方式、新式样和新思考相互重合，成为新历史，这种重合就是艺术，除此之外的其他表现行为没有意义。最广义的解释，是所有人为创造的、予人幸福与愉悦的东西 —— 绘画、雕刻等不实用的东西，以及流行音乐、时装、食器、家具、建筑等实用的东西，我们统称之为"艺术"。

面对艺术，是取其狭义，还是广义，根本上取决于艺术品的创作者，那些天才个人、能力殊异的艺术家。艺术作品的"独创性"和根源，来自艺术家的精神内心。现在的美术教育，依然强调培养独一无二的个性和与众不同的表现。

近代以后，艺术与工业一直被视为对立的两面。今后，在造物的世界里，艺术和工业仍会一直存在，只是，艺术也不再是中心了。

　　我想说的做物，或者说我自己的工作中，做物之人不可能无名，所做之物不可能是无心所为，其中早已有个人痕迹，有非常明确的意图。这种个人痕迹和艺术中的个性表现不一样。它们不以"张扬个性和精神"为目的。我在前面多次提到，我的作品中所谓的个人风格，并不是我本人的。从过去到现在，器物的形色源头长存于人们的日常生活里，有没有我，根本不重要。即使不是我做，也会有其他人，我是可被取代的，而器物会长存。我做的东西出现在某人的生活中，被使用，渐渐破旧，磨损，直到消失，仅此而已，并没有更大的意义。对我来说，做物即生活，我只是认真过好生活罢了。这就够了。在漆艺之乡做个工匠，做些普通的好东西，尽量不去表现个性，尽量不让作品中出现我的痕迹。尽管如此，作品中依旧难免有"我的风格"，我想，这可以归结为手工制作的不确定性。

把我的作品拿来用的人，也许会循着名字找到我做的漆器，也许会在使用中生愉快感和幸福感，但幸福并非来自我的技巧和内心，而来自漆本身，来自名为漆的自然，自然本有真挚大美。只要用世代相传的技术认真细致地加工，好物自然来。所谓日常生活用品便是如此吧。

当然，这种四两拨千斤式的做物（还是我自己说出来好了），说起来不过是我的个人意愿。无论是将个性表现到极致的艺术作品，还是旧货、民艺，或者工业制品，里面有很多东西让我欣赏喜欢，其中选择余地很大，这一点不能忘。金泽的这场工艺生活展，恰好诠释了这一点。

但是有一点需要确认，那就是手艺人该站在什么位置。很多手艺人只埋头干活，对此并未多想。就我自己而言，我想看清自己站在历史的哪个位置，想看清在同时代人中，我做的究竟是什么。只有看清，我才能前进。在我今后的器物制作里，不会出现新形状、新颜色、新功能、新技术和新表现了，我唯一能做的，是把器物做出深度。此深度，存在于器物的世代传承中，也存在于我对所处位置的认知里。它表现了一个理性的我，是我留下的记号。

二 茶与漆

无言的对话

我从 18 岁开始学习茶道。彼时我离开乡下老家到东京上大学，学业之余，我决定学茶。为什么一定是茶道，我自己也说不清楚。

前不久，我问一个年轻的酿酒师：

"是什么让你决定干酿酒这行呢？"

"我在上中学时就想要做这行了。"

"那时你喝过酒吗？"

"那怎么可能呢！有的事不用想得太透彻，没有明确理由反而能做下去，对吧？"

原来如此。在用脑思考得出一个结论之前，人的身体深处，已经有什么在相连相接，比起大脑，身体早已感知到了什么是必要的，哪些该被珍视。

我开始做漆时，不，直到现在，也常有人问我："为什么选择做漆呢？"虽然我会给出一个得体的答案，但其实自己也没想明白，只能说"因为面前有漆",所以能一直做下去。

但有一件事很确切,那就是我18岁时邂逅的茶道,26岁时遇到的漆器制作,两者是相连的。是什么让它们连接到一起,在这里我能说清楚。

开始学茶没多久,我就酥麻倾倒了,这种酥麻不是腿脚发麻,别看我那时学茶,以前可是柔道选手,早已习惯跪坐。我说的酥麻,来自内心。我遇到的第一位老师,是一位优雅女士,现在她已不在人世。在18岁的我眼中,她是一位老奶奶,现在回想,可能她并没有那么大岁数。她的举止身姿非常优美,我从未想过这种优美源自何处,只是深深为之心醉。对她的敬重,成为我学茶的动力。我好像从未如此被言传身教过,她教给我的东西,和学校教的完全不一样,从她身上,我仿佛感受到了全人格式的教导,而这种教导并不需要语言,她只要静静地站在我身边,带着一种气韵,向我微笑,就足够了。

有一天在茶道修习中,我经历了一件不可思议的事。请原谅我用这么俗气的说法。那时我正年轻,血气方刚,日日沉浸在恋爱的悲喜交加里。不消细说,我在热恋中,点出的茶也充满兴致,失恋时,茶便急转直下,变得无精打采。无论怎样,老师都只是坐在那里,面带微笑。她的眼神,和我点出的茶同步,随我兴致勃勃,伴我一起悲戚。不,也许这只是我的胡思乱想,但我能确认,我和老师之间心意相通。不用说话,我在想的事情、感情,甚至是思考和情感背后的东西,都毫无掩饰地传达给了对方。

这感觉特别好。但有多么好,就让我多害怕。茶事自有顺序规矩,

没什么可增加的，也无可减，一切按部就班。但是为什么，我们之间能出现这种心灵交流呢？

那时发生了这样一件事。有一天，一位来自京都的颇有身份的人来看我们修习，她的身份我不清楚，只知是一位矍铄的老太太。我在生人面前，心情十分紧张，一场茶点得瑟缩怯懦，这才知道自己究竟有多微小。

茶是可以点得非常优美的。我道不清它美在何处，如何变美，但能确认那就是美。点茶的节奏感、缓急拿捏，流转在指尖、足尖、脊背等身体各部位中的气韵以及视线、呼吸等，种种细节集合为美。我腾挪辗转，却始终不能领会这些细节。

茶也可以点得非常用心。这不是要求身体的哪个部分特别使劲，或者集中精力，放空内心，不是这样的。不知为什么，我能感到茶中倾注着心情。而且，点茶人的全部身心都在茶中得到了表达，绝无保留，毫不掩饰地传达给了我。到底怎么做才能点出这样以心传心的茶，我想了很久，找不出答案。

茶道的手法规矩，初看给人一种刻板的感觉，显得形式主义。这就对了！所谓传统就是这样，要循规距，要停止思考，跟着规矩走下去，把自己的整副躯体交出去，反复模仿规矩。即使是做同一件事，也分优劣，相似的动作里能呈现出美，也能暴露出丑。专心致志重复下去，就是锻炼。锻炼到极致处，会有爆炸般的自由和忘我的快感。能达到这种境界的人，并不需要有特殊能力，只要修行再修行，积累多了，谁都可以。

茶道的规矩手法在初学者看来也许复杂难解，光记住就得费一番力气。但在根底里，茶道的手法非常简素。心情常保新鲜，根底里的动作却反复不变，有真、行、草三种格调之分。在修习中反复做同一个动作，身体便会渐渐记住其中的节奏感，不用多想，身体便会自然做出反应。这是任何人都能得到的体验。在此体验之上，有一个更高的台阶，在那里人超越了语言的限制，可以全身心地体验到一个尚未被割裂的世界，世界不再与人遥遥对立，而是与人相接，融为一体。

当然，这些是非日常的体验。日日体验，会累死。茶室是一个远离日常的空间，主与客在其中摆出态度，保持身姿，进行一场茶事，是为茶道。为一场茶事而反复修习，也是茶道。把茶道用具拿到日常空间里，倒杯茶，放松一下的举动，现在的我是不会做的。

妄想失去控制

茶道、武道、花道、香道等被称为"道"的技艺，其本质究竟是什么？我想，是一个方法论，一个地基，所有规则手法早已被身体铭记，与人的交流只需身体语言，不用介入思考。人在道中，用身体与世界进行着更完整的接触。

我自身的经验告诉我，佛教的诵经和坐禅所追求的，或许也是这样一个境界。

我曾经以为，坐禅是通过冥想达到无心之境，但现在我想，也许完全相反，在一个远离日常的空间里，只是端坐，是不可能抵达无心之境的。虽说禅宗有"只管打坐"的说法，但人脑中会有无数妄想源源而来，无法了断。我想，所谓"无"的境界，用另一种稍微错位的说法就是"无须语言介入的对世界的认知"，要到妄想的极致尽头，才能找到此境。

我对人脑的功能所知甚少，有的只是一些自身体验。我是这样想的：人的大脑分很多部分，有的负责认知、思考和判断，有的接收光线和声音的刺激，有的控制身体肌肉，还有一部分不受大脑控制，会做出无意识的反应。

如果我们的身体多次重复一个规则性的动作，这个动作成为常态之后，也许负责制衡动作的大脑区域就能得到休息。就是说，身体不知不觉地做出反应，进入无意识状态。

无论是茶室，还是冥想空间，都能最大限度地抑制外部感官刺激，由此，一直在做判断的大脑闲下来了，结果怎么样呢，各种妄想发生了宇宙大爆炸。

拿我自己来说，我没打算每日做冥想，于是用每天给碗上漆来代替冥想动作。上漆其实不难，只是反复进行一个缜密又单调的动作罢了。一旦身体记住了这个动作，之后基本用不到大脑。这就是我的工作，积累的是经验和数量。同一个形状的碗，用同一种上漆手法，我要几百个、几千个、几万个地重复下去。

我32岁时出师独立，开始坐在家里做漆。那时，我决定先多做，多积累。我给同一个形状的碗永无休止地上漆。我在前面也写过这件事，早晨睁开眼后就开始工作，废寝忘食，直到身体疲劳至极，昏昏睡去。身体一直在动，大脑却无事可做，于是各种妄想充斥脑中。其实我所有的文字都是从妄想中诞生的，包括这篇文章。各种事情在我脑中翻来覆去，想了又想，终于想到厌倦，连记忆也不翼而飞。每天从清晨到向晚，我重复着同一种工序，周而复始，有时会发现当天的记忆消失了。像发生了瞬间转移一样，时间已经跳转到了下一周。即便这样，我也没有停手，一直在上漆。结果呢，不知不觉地，意识开始膨胀，从我的身体里飞走了，我真实地感受到了幻觉和幻听。意识脱离了肉体，飞上天，飞进了宇宙。这几乎是濒临病态。但我本身并没有失控，冷静下来想一想，也许这是脑内大量分泌内啡肽的结果。我必须强调，我可不是神秘主义者。以上这些体验，不需要吃药，只要条件具备，谁都能体会。

有时参拜古寺，常能看到古寺渊源的解说：几百年前某高僧在山中洞窟闭关不出，冥想十年后，观音菩萨在他的面前现身。如此云云。想必这位高僧和我经历了同一种体验，只不过，他把幻觉误认成了现实。从某种意义上说，宗教是从误认开始的，所以我的体验并不属于宗教。对我来说，幻觉、幻听和灵魂出窍其实是给工作添麻烦的事。既让意识膨胀，又保持着清醒，不至于兴奋到失控才是至关重要的。

当然，现在的我已经无法再像30多岁时那么拼了。那样虽然酣畅痛快，但身体非常吃不消。肉体自有极限，10年间我有很多次连续几十个小时保持着同一个姿势，腰和脊背慢慢积下剧痛。现在，工坊里多了几位工匠帮我干活，原来1个人的工作现在5个人在做。上底漆的活儿已经全部是工匠们在做，我只负责最后一道上涂。

上涂的活儿一旦开始，经常会昼夜不停地干下去。虽然进入状态需要一点窍门，但一旦意识开始膨胀，人进入觉醒状态，等到再次回过神来，会发现手里的工作已经做完了。当然，并不是每一次都能顺利进入状态，纠结不顺是常有的事。这点能从做好的东西上看出来。长年合作的工匠们能一眼看出我作品中的优劣差异，他们会跟我开玩笑说："看来您今天有神仙附体呀！"

再把话题转回茶道上吧。一场茶席上，如果主人和宾客的身心都进入了状态，那么他们之间会发生一场超级交流，据说在茶道的世界里，这叫作"直心相交"。在做物的世界里，人面对的对手是材料，按理说，漆匠和漆本应合二为一，陶工和陶土也该融为一体。

关于探求

在我的工作中，器物的形状非常重要。器物本身自有原型。如果我说"我做的东西有原型"，一定会有人表示失望，觉得我不过是在模仿复制而已。所谓"模仿"，实际上是一种探求，是把一个形状当作原型。举例来说，量好原型的尺寸，画下器物的断面图和平面图，再看图做出实物，做好的东西就会和图纸上的尺寸一模一样。但如果对器物的要求到此为止，那有人说我只是在复制也无可厚非，设计师做好图纸交代下来的工作大多是这种感觉。

对一名工匠来说，看图做物只是一个开始。当然，我没有看图做过东西，我的工作不需要图纸，图只会变成枷锁，多此一举。

观察器物的侧面，构成侧面形状的，只是一根线（也许这是一条隐形线，人们通常会忽视它而把器物看作一个整体）。如果把这条线稍作调整，哪怕变化幅度只有一根头发丝那么细小，器物的整体也会出现可察觉的变化。不要只在头脑里想象、用手、用指尖，用自己的身体贴近器物的形状，去实际感受一番。你会发现，很多人原本以为一样的形状里，原来存在着变化，变化的可能性无限多。在无限多的可能性当中，工匠只能选取一根线，为什么选这一根，理由在何处？说到底，理由是否真的存在？工匠们永远在未知的黑暗里。尽管如此，为了做出一个形状，工匠必须在黑暗中选择，为什么选此而非彼，要质问做出选择的自己。为什么是这根线，这是最难的问题。

颜色也一样。一般来说，漆器只有赤与黑两种颜色。因为天然漆不透明，是半透明的茶褐色，只有用更强烈的颜色才能让漆显色。话虽如此，单色的"黑"中也有宇宙级的不同变化。漆匠行话中的"白艳"，指的是偏白的黑；叫作"紫漆"的，则黑中泛青。从这些变化中选择一种黑，就像在大海里捕捉一根稻草。工匠做物就是要用双手抓住那根稻草，同时不停地质问自己：为什么选择了这种黑？

我的根底所在

　　回答上述的"为什么"很难，但要知难而上。最简单的答案可能是相信事物的普遍性。最接近普遍性的事物往往为大众所推崇，只要将其作为选择基本便好。但我对这种答案持怀疑态度。我认为，这种想法和"高僧相信自己幻觉中看到的观音菩萨是真的"类似，颠倒了逻辑顺序。无论高僧最后是否看到观音，他所追寻的东西究竟是什么才是关键，才是探寻之旅的开端。人能依靠的东西只有一个，用一个特别简单的词就能表达，那就是是否"喜欢"。支撑"喜欢"的并不是语言，而是我前文提到的扩张后的意识、无法言喻的感觉：比起这条线，我更喜欢那一条；那种黑更让我心动；不对不对，这才是黑色该有的光泽；这条线再稍微那样一点就好了。直觉般的喜好是一种"个人识别符号"，要把这个符号无休止地精研下去。这条"道"究竟有没有终点，可以说有，也可以说没有。

　　我在18岁时遇到茶，26岁时遇到漆，如今已年近五十。

我依然在路上。终于隐约看到了什么。茶席上的自己，在单调反复中给器物上漆的自己，纠结于线条和颜色的自己，我遇见的这些自己，绝不是什么强大而明晰的存在，而是弱小的，转瞬即逝的，敷衍马虎的，浅淡的，不安的，朦胧的，脆弱的，稀薄的，无根的，空虚的。直到最近，我才慢慢体会到，要学会珍惜这些自己。

　　要想找到"喜欢"，就要先接受自己。至今为止，我选择出来的所有"喜欢"，那些颜色，那些线条，都是贴近转瞬即逝的小我，给我抚慰，让我学会珍惜自己的东西。

　　我想把"喜欢"永无止境地追寻下去，我想潜入自己的最深处寻找依据，找到是什么让我选了那根线、那个颜色。我的最深处在哪里，现在还没有看到根底，我想总有那样一个地方，等我到达时，能找到自己的喜好，遇到一种绝对性的存在，总有一个地方，原本互相对立的个体和普遍性在和谐共存。会有这样一个地方的，我坚信不疑。

最悲伤的回声

其实我小时候一点都不喜欢社祭。我父亲出生于兵库县西宫市，老家在第二次世界大战中遭美军空袭烧毁，全家被疏散到冈山县的小镇，后来一直定居在那里。自出生时，相对当地人，我就是外来者。打我记事起，就感觉到自己的世界四周有墙。社祭明明热闹红火，我却一直觉得疏远，因为我察觉到了，无论是大人还是孩子，怎么参与社祭，能参加其中的什么活动，本地人和外来者之间都存在着一个被默认的差异。不知不觉地我养成了习惯，社祭那天，一个人坐在屋顶上，看着热闹的彩饰山车从眼前通过，看着左邻右舍的小孩子们坐在山车上，互不服输地敲打着太鼓。至今，太鼓依然在我的回忆里发出最悲伤的回声。

26岁时我搬到轮岛，开始有人邀我参加社祭了。喝酒撒疯时确实痛快，但最终袭来的，还是避不开的寂寞。在孩子们还小的时候，无论他们怎么央求我，我也没有参加过社祭和烟花大会，总是躲在家里独酌。

社祭是属于生长在那块土地上的人们的。外来者不可轻易误入。因为最终会看到别人是和那块土地血肉相连的，而自己不是，自己孤零零地被遗忘了，空有满心饥渴。这就是所谓的浮草无根吧。也正因如此，社祭也越来越吸引我了。

奈良的若宫祭

最初是平面设计师山口信博告诉我"奈良有个很不得了的社祭"。

春日大社"若宫祭"在每年 12 月 16 日深夜 24 点，即 17 日凌晨开始举行，春日大社大殿里供奉着四位《日本书纪》[1]里记载过的神，武甕槌命、经津主命、天儿屋根命和天美津玉照比卖命。天儿屋根命和天美津玉照比卖命的孩子后来成为天押云根命，在平安时代中期以蛇的形象出现，随后被供奉在如今的春日大社若宫本殿里。

被若宫本殿镇守在身后的是御盖山原生林，这片森林就是真正的御神体吧。一年里有一天，神会离开森林来到人间世界。社祭即将开始的时候，所有灯光都熄灭，宏大的春日大社融入一片黑暗里。所有参拜者沿着参道整齐地排着队，静静等候神的迁幸。禁止使用手电，禁止拍照，呼吸要屏住。天气如此寒冷，待到眼睛习惯了黑暗，便看到铺满在参道上的白砂仿佛从地面浮起，为我们昭示出方向，从哪里来，要到哪里去。如果正逢晴夜，星光闪耀几近炫目，月光穿过树枝缝隙，

1　《日本书纪》，日本流传至今最古老的正史，记述了日本自神话时代至 8 世纪持统天皇执政期间的历史。

摇曳着照亮我们的脚底。

远方传来鹿鸣，鼯鼠身影一闪掠过树梢，森林深处传到低沉的太鼓声，咚！咚！和着林中鼓动，响起雅乐"广云乐"，林间隐约现出一点微光，穿越参道，越来越近。静穆暗夜里一对大松明火把蓦然浮现，从我们眼前走过，仿佛在清净邪厄，无声无息，只空气中传来淡淡沉香香气。

我握紧身边人的手，奏响着的古乐声中，又有人声加入进来，噢噢噢噢噢噢噢噢，不是"哦"，是"噢"，仿佛鼓足元气发出的喝道之声，告诉人们神将降临。一盏幽暗的提灯摇曳而过，喝道声越来越近，瞪大眼睛向黑暗深处望去，隐约可以看到人群，身着白衣的神官们手执榊枝（杨桐树枝），一重、两重、三重，似在重重守护着什么。位于中心的，一定是神吧。

用山口的话说，"我第一次真正感受到了仿佛有神在那里"。确实，那种感觉我也是第一次体验。

那种难以形容的肃穆之气不单单是静寂，虽然毫无声息，却让人感觉到一种汹涌翻卷的荒莽之气。那是人所无法制御的强大存在，空气仿佛发生了膨胀，压力迎面而来，让人汗毛倒竖，僵直着身体，目送其通过。神官的后面是奏乐者，人的队伍跟随其后，接下来是参拜者们的队伍，跟随着若宫神沿着参道而去。队列的终点，是一个叫作"御旅所"的地方，供神歇息。整个迁幸时间大约 1 小时。

午夜 1 点，御旅所开始晓祭，为神灵供奉早晨的御馔，为神演奏神乐。若宫神停留于人间世界的时间只有一天，翌日深夜零点，便要归还神位。在短暂的时间里，神会享受一下人间美食和娱乐。

最近 5 年里，我每年都会在 12 月在奈良开展示会，选定 17 日作为开展首日，好年年去参加若宫祭。

春日大社若宫祭｜奈良县奈良市

新宫的御灯祭

还有一个社祭也是我每年都要参加的，那就是和歌山县新宫市的御灯祭。

我应邀去演员原田芳雄先生家喝酒，看见他家墙上装饰着一个烧剩的火把。他说，每年 2 月 6 日夜晚，他都会举着这个火把在熊野的山中巡游。"你明年也来吧"，听他如此邀请，我立刻点了头。原田先生和中上健次先生交情很深，中上先生生前曾来过新宫，他去世后，原田先生为缅怀旧友，每年都会登山镇魂。

从能登出发，到约定之地，路上至少要花费 10 个小时。待我到达，已经有人备好了白衣。新宫祭当天，街上行人稀少，冷清得几乎扫兴，完全没有普通社祭该有的热闹。路上看不到社祭时的露天摊位，难道是被禁止了？去街上的面店吃饭，我点了啤酒，店家问我："你要上去吗？要上就喝日本酒！"给我斟上了日本酒。

进山的祈愿者被称为"上子"，社祭当日，上子只能进食白色之物。从内衣到足袋，全身上下必须全白。衣服是本白棉布做成的上下两件式，头带头巾，手绑手甲，脚下穿着脚绊，再用粗绳在身上缠绕几圈，牢牢地绑在背后。

"赤木，你明白吗，这是人死时的装束啊！"原田先生静静地微笑着。

这天晚上，新宫的所有男人都要上山。

日暮时分，上子们开始出现了，人数众多，几乎让人感叹他们是从哪里冒出来的。上子们在街上相遇时，要互相打一声招呼："拜托了！"再互撞一下手里的火把。上山之前，要先去参拜市内的3座神社，途中有人敬酒，要接过喝掉。接着要去神仓神社，还没走到神社前的鸟居，我已酩酊。

神仓神社的御神体是位于山上的一块叫作"琴引岩"的巨石。这里被认定为熊野的圣地之一。沿着陡峭台阶爬到顶，便到了一个斜面上，那里矗立着一块巨型岩石，四周森林苍郁，山下万家灯火，远方是太平洋，暗闪在无边黑夜里。

接下来会怎么样？静立稍等。上子的人数已经增加到2000多人，2000多人聚集在并不广阔的岩石山坡上，通往下界路的门关闭了。我正站在高处看着人群，忽然，山中神殿处升起了火柱，我体内的热血瞬间就被点燃沸腾了，不知不觉间，我已经在咆哮。火种被转移到迎火用的大火把上，上子们争先恐后地把自己的火把凑上去点燃。点燃的火把越来越多，渐渐放射状扩展开，神社境内人太多了，呼吸都很

142

神仓神社琴引岩｜和歌山县新宫市

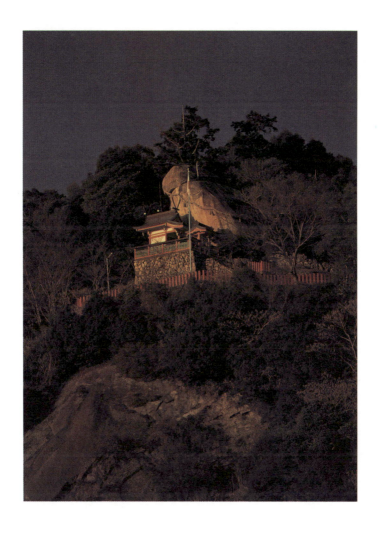

困难，四周到处是火焰和浓烟，几乎睁不开眼。白衣被烤焦，我被灼痛，就像自己也要被烧成灰烬。到处都是人，几乎难以走动，火种越传越广，巨大岩石上有什么在聚集、在充满。

正当我感慨"啊，此时，此地……"时，关闭的门开了。刚才拥挤的人群跳了出去，手执火把，开始疾奔。一口气跑下538级石阶。我们穿着身死之时的装束上山，被禁闭在狭窄岩石上，敬畏于一种难以形容的力量，发出既不是欢声，也不是呻吟的高声咆哮，再一次回到下界。

社祭当天，神仓山不许女性上山，在过去，这一天晚上家家都要熄灯，女性守在家里，等待男性带着火把回家，用火把点燃自家灯火，迎来新的一年。我不知道此祭始于什么年代，但从中好像看到了一种最根本的东西，关于人活着是什么，活下去是什么。

第二天，我再次上山，晨光普照，琴引岩显得那样清净无垢。

西行法师曾在伊势作歌一首：

恍惚茫然难辨何方神临大地，惟惶恐感激，泪若雨下。

琴引岩就是这样一个地方呀。

我满心感激，不由得合上双掌。

我已经连续四年参加了新宫祭，我想，今后也会一直参加吧。

敬献之物

再说回奈良。

晓祭结束后，天亮了。当天午后，御旅所祭开始了。在御旅所入口的参道边，有一株"影向之松"。这棵松树可能人人都见过。据说它是画在能剧舞台镜板上的松树的原型。

在若宫祭期间，全国各地的艺能集团聚集一堂，为神表演。每一位表演者都要先在此松之下表演一小段，才能进御旅所。御旅所内的行宫正对面，有一个高高隆起的草坪舞台，上演着能乐、田乐、猿乐、细男和舞乐，我看得津津有味。芝舞台建在行宫正对面，所有演出当然是供奉神的，普通参拜者只能站在舞台背后或者侧面，从背后窥看表演。人从背后窥看敬神之舞，这也许就是表演艺术的起源吧，只是不知从何时起位置发生了变化，观众们僭越坐到了神的位置上。我把这番话说给搞舞台剧的人听，心中一个长久以来的疑问被解开了。

漆碗底部的高台为什么那么高呢？从实用性来说，高才好拿，但我对这个解释半信半疑。也许一般人都觉得这个形状理所当然，但我无论是在制作时，还是在使用中，都觉得高得过分了，没有必要。

漆碗原本是给神上供用的餐具。漆碗中盛满米饭，高高地隆起，人们用双手捧起漆碗，敬献到神前。漆碗的形状一定是应高举敬献之需而存在的。仪式之后，人们将敬神之物分而食之，这正是饮食的真正面目。如果真的如此，那么我就要重新考虑一下自己做漆碗的意义了。

敬神仪式一直持续到 12 月 17 日深夜。最后上演的，是充满异国感觉的庄严的舞乐，到了晚上 11 点，所有的灯都被熄灭，若宫神即将还幸。两年前我有幸与春日大社结缘，参加了特别奉拜仪式。我紧跟在乐者队伍后面，高声喝道，将神送到若宫本殿。暗夜中的森林里铺开的参道蜿蜒伸展，像一条隧道。数不清的人们行走在隧道里，朝同一个方向走去。

参加了特别仪式，我才察觉到一些事，是单单排队等候参拜所不能察觉的。

这个行列，或许可以说是一个送葬的队伍。若宫神每年降临人间一次，神是从对面世界来的，在此世只稍作停留，建起临时居所，享用美食，聆听歌舞，尽享短暂幽期，待时间到来，再次返回对面的世界。我仿佛看见，神的一天与人的一生重合到了一起。我曾经以为自己是送行的一方，但正是现在，我忽然悟出，被送往原野埋葬的，难道不是我自己吗？送行者和将走之人位置发生了互换，主客立场在这一刻发生了逆转。

不仅是我，跋涉过艰难今生的所有人，都在朝着同一个方向走去。看看四周，身边的人的容颜和身姿，暗夜之中化作了不可辨的黑影。"噢噢噢噢"的喝道声，已转为呜咽。我止不住眼泪，任其流淌。乐者奏响的乐声，与迁幸时相比，音色更明亮，节奏也变快了。这更显得哀伤，但是，想到只是返回对面那个世界而已，又觉得这样也很好。

队伍行进到若宫本殿后，雅乐和太鼓声渐渐微弱，仿佛交织到了一起。暗夜消失了，那股荒莽之气已沉静，四下万籁俱寂。

为什么我一边自称讨厌社祭，一边还在参加呢？我想，在奈良和新宫，面对神或带着神之气息的某物，我和它们一对一地直接发生了联系。之前让我对社祭敬而远之的，并不是活动本身，而是参加者之间的人际关系。

为祈祷而做

神是否存在，这个问题没有意义。一定有人相信社祭时神会降临，这一点我不愿否认。因为相信让人心安，这没什么不好。我想，社祭里一定有什么特别的设置，让人们看到了平时看不到的东西。

春日大社是藤原一族的"家庙"，供奉着藤原一族的祖先，追根溯源，可以上溯到日本人古来有之的朴素的树木信仰。春日大社内的树木即便已经苍郁拥挤，也禁止一切砍伐，神域内的原生林禁止任何人进入。在近代化的都市中心处依然存在着这样的未经人手干涉的森林，我想是件好事。

树叶枯萎飘落，第二年春天树一定会萌发新芽。这种力量来自何处，是怎么出现在这个世界上的？从远古时代开始，人们反复被自然教育，受自然启发，对我来说，自然有着"不可思议的力量"，这一点毋庸置疑。

传说新宫市神仓神社的御神体就是神武天皇东征时攀登过的天盘盾，还有一种说法是，熊野之神最初降临人间就落在此处。这些传说虽说是后来人们编的故事，但从绳纹时代直至现代，此处一直有自然信仰存在。山上的巨岩处，确实似有什么从天而落。如果是山岳信仰，那么出现在巨岩上的该是十一面观音菩萨吧。我小时候喜欢在山顶野营过夜，所以知道得很清楚。

海德格尔曾信口开河称，希腊人在山顶建起神殿的那一刻，世界分开，有了天和地。山上的巨岩象征着世界从此起源，因此昼夜之分是从山顶开始的。在西方人看来，创造天地、让世界运转的，是得到神之授意的人类，而在日本人眼中，自始至终，都是人所无法看到的自然之力。

一位日本酒酿造师的话，让我一直难忘。他说：

每当遇到大型自然灾害时，人们总是惊叹于自然力量的强大，但是，这种力量始终充溢在这个世界里，随时、随地，让稻米成长，让美酒酿成的，都是这同一种力量。

虽然我也是用手做东西的人，但是一直有着不同想法。

人们常常有这样的误解：我的作品全部出自我手。其实不是这样的。木、漆、土、金属等材料源于自然，借助诸人之手才传递到我这里，至于技术，我只是继承了世代相传的传统而已，没有任何东西能让我自豪地挂上自己的名字。

前文中我写过，近代以来，人们把自然看作征服对象，把自己塑造成了世界的核心。工业把自然视作原材料进行加工，而艺术则是突出自我和个性，工业和艺术来自同一条根。

迎合艺术风潮制作器物、借器炫技、张扬个人品味、把添油加醋当作独创等，在我看来都是无趣的。这种器物流露出的，只是自恋罢了。

这也是为什么我从不自称"漆艺家"，从最开始，我只有一个身份，即"漆师"。这是唯一的原因，无论我怎么和漆艺家、陶艺家解释，都很难得到理解。

白洲正子在《隐庄》一书中写过，"人一旦远离自然，就会变得病态"。确实如她所说，远离了自然的人，身心很难健康。现在这种病，比起白洲女士的时代又恶化了很多。人的病态会原封不动地显现在艺术作品上，而现在的艺术正在以此为追求，乐此不疲。

我想我做物，有义务让器物显现出一个"健康"的形状。虽然和民艺运动倡导的"健康"气质很类似，但稍有不同。我已经病了，不想把自己的病态表现在器物上。我希望自己健康，做物是一种仪式，这也是我要坚持参加社祭的原因。

为什么做物？答案很明显，器物是拿来用的，为了让装于其中的饭食更加美味。人吃过美味，自会生出感激之情。感激之情让人的双手合在一起，这就是祈祷。我愿意为祈祷而一直做下去。

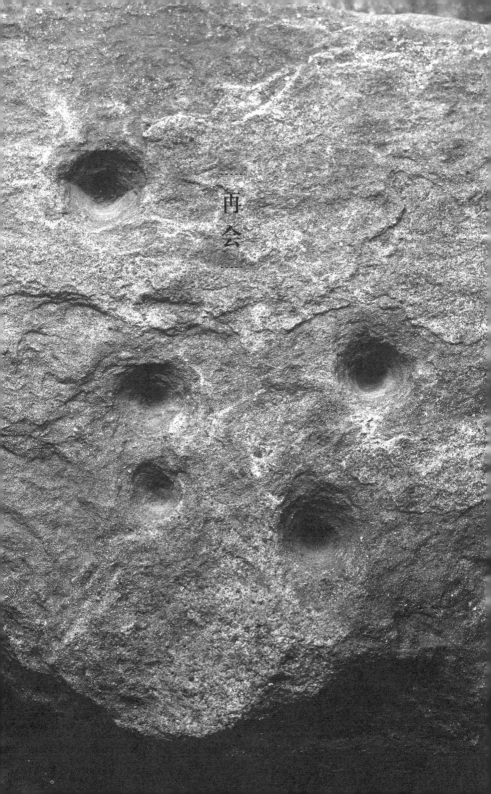

再
会

漆 熟

搅拌漆的木棹忽然变得轻盈，仿佛划过的是空气，这个瞬间我知道，漆熟好了。

梅雨结束，太平洋高气压覆盖了日本诸岛，"熟漆"的季节开始了。

我们已经在盛夏烈日之下连续搅拌了 3 个小时漆，气温升到了 35 摄氏度，没有一丝风，远处的蝉鸣在蒸腾的暑气中听起来忽远忽近。小鸟们不再鸣叫，躲到树荫间避暑。

漆人

众所周知，漆是天然树液，采自漆树。但是漆的原液不能直接使用，原液呈现不出漆的透明度和光泽感。漆的主要成分是漆酚和漆酶，还有大量水分。生漆原液叫作"荒味漆"，所谓"熟漆"工序，是加热荒味漆以蒸发水分，让原液得到精制。

2011 年，梅雨结束得比往年早，我以为晴天会持续一段时间，没想到天气反常，阴晴不定，我们盼着天晴，直等到 8 月 6 日，才开始第一次熟漆。此时节气已经快入秋了。

我的工坊从 1999 年开始自己熟漆，这一年是第十三个年头。我在 1994 年以漆师身份出师独立，之后 5 年所用的漆，是从用机器熟漆的专业漆店买来的。

漆店在接到漆师的订单后，会去采购荒味漆，再进行精制加工。不知为什么，漆店大多集中在福井县越前市一带。我在跟着师傅学漆时，常和几家漆店的老板打交道，辻田漆店的辻田哲夫先生是其中最年轻的，我们就在那时相识。一般来说，店家和漆师是多年交情，购买的漆品类固定，店家只管送货，很少对话，只有辻田一人会热心讲解漆的特点，给我们提新建议。我把自己构思的漆的质地讲给他听：

"没有光泽，肌理细腻，气质要静，要厚重踏实，干燥要快。"

还在当学徒时，我已经描绘好了理想中的质感。传统轮岛漆漆面厚实，光泽度高，闪闪发亮，从中确实可以感受到天然漆的光泽美和厚重感，但两者平衡尚好，一旦突破阈值，光泽就显得华丽庸俗，过分的厚重感会让人联想起皮下脂肪。怎么设定阈值，考验的是漆师的眼光和品味，很难一概而论。在我看来，很多漆师没有意识到，在日本经济高速增长期之后，轮岛漆已经越过了一个分水岭。那种浮华的、又闪亮又厚实的漆器在日常生活空间里已经显得不协调了。

我做的"漆物"，设定的背景是以前我生活过的大城市公寓式住宅，房间里四面白墙，明亮而冷淡，其中充斥着无数东西。在我的感觉中，充满美感的器物是静谧的，光泽幽暗，轻盈而稍显脆弱，带着好事难长的气韵。不是那种一眼就能看到其存在的、咄咄逼人的东西。这也是我的个人喜好。对我来说，漆器不是工艺作品式的独放异彩的东西。

辻田每个月开车从福井县过来谈一次生意，在商人旅店里住宿几天，走访各家老客户。他不仅来轮岛，北到津轻，南到冈山，全国的漆器产地都会去。来我工坊时打着领带，头发三七分，黑色皮鞋擦得锃亮的，除了银行职员之外，也只有他了。

但是，他的手腕、掌中和指尖都沾着漆，染得漆黑，没有洗掉。他的西装和皮鞋是谈生意时的正装，等回到福井的精漆工厂后，我想他也是一位工匠。每次他来我这里，我们都会说一会儿家常，聊一会儿漆。

手工熟漆之路

"要想削弱漆的光泽该怎么办？"

"关键是原料。产地不同，漆的特征也不一样，在各种产地的漆里，有的光泽度高，有的就偏暗。"

"那辻田你是不是只要看一眼荒味漆，就知道是哪种？"

"大体上能看出来。我们店里有各种原料的进货，哪种是什么个性，我得确认。我把那些不怎么亮的都留给你了。"

漆取自天然物材，产地、工人、年份和季节都影响漆的个性，不像工业制品那么品质稳定。正因为有各种风貌不同的漆，我才会好奇，有个想头：下一次会遇到什么漆呢？

"除了原料，熟漆的手法也影响光泽度，可以把拌漆工序省去。"

"拌漆？"

那时我刚出师，对漆还一无所知，辻田先生耐心地讲解给我听。所谓"拌漆"，是在熟制之前将荒味漆倒进大盆里，用棹搅拌。搅拌时要让木棹顶端划过盆底，来回磨合漆液，这样漆的分子间产生摩擦，光泽由此显现。因此拌漆是一道让漆产生光泽的磨合工序。荒味漆里还掺杂着采漆时混入的木屑杂质，拌漆时，留着这些杂质并不去除，磨合效果会更好。所以，理论上说如果省略拌漆，漆的光泽就会有所减弱。

"那好，就这么办吧，拜托了。"

如此这般，我决定先用一年试试，有什么问题，等辻田来访时可以问他。

"这个漆确实光泽度不高，但是你再看这个碗，更没什么光泽，那这个是什么漆呢？"

我出师开始自己做东西后，想看看其他工匠的作品，于是买了一些，我把其中一个拿给辻田看。

"这种叫本消，在轮岛也叫白造。"

"是这样啊。"

"只靠天然变化，想把漆的光泽消弱到这种程度是不可能的，做本消漆需要添加剂。"

"是不是让漆和什么东西混合到一起？"

"对！为了消弱光泽，我们店的传统办法是在漆里放少许糖稀或蜂蜜，现在有的店会添加化学甜味制剂，到底添加什么，基本上是各家店的商业秘密。如果你想用，我们店可以给你做。"

"在漆里添加东西我有点抵触心理，算了吧。另外，不仅是光泽，如果你看涂层的表面，能一直看到涂层的底部，这之间的深度，或者说这种看得见的进深，我还想要更多。还有，不同的漆，细腻程度、

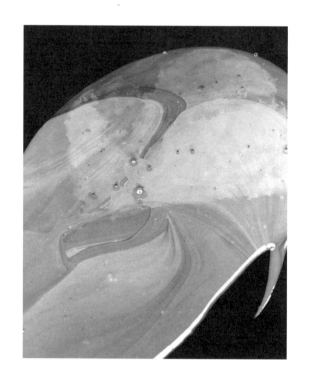

用手摸上去的舒适度也不一样。有一种漆又稠又柔软，如果想做这种漆，除了选择原料、省略拌漆工序之外，还该做什么？"

那时我刚出师不久，什么都不懂，暂且把买来的稍带光泽的日本国产漆和辻田为我特制的相对亚光的中国漆调和在一起，用了一段时间。

"只有调整熟漆方法了。熟漆首先得有热源，最普通的热源是红外线电加热器，慢慢一边加热一边搅拌，让水分蒸发，如果把热源换成炭火，漆的质地变得细腻，多少能更稠厚一些。"

"那好，就这么办吧，拜托了。"

我又试用了一年新漆。

"感觉如何？"

"啊，说老实话，我没看出有什么变化，一定还有其他办法吧？"

"嗯，那就改成手工熟漆，先做一次试试吧，我们店已经好几年没手工熟过漆了，值得一试！我教给你怎么做，你可以自己动手。"

"啊？我自己熟漆？"

"对！按过去的正统做法，漆师用的漆都是自己动手熟的。"

就这么着，从1994年到1999年，花了5年时间，我终于得出了该自己熟漆的结论。不用机器搅拌，我要做手工熟漆。热源使用最天然的太阳光，就是所谓的"日光熟漆"。

其实漆店的本来工作，是收集原料，转卖给漆师。

过去，漆师们都是买来原料根据自己的喜好自己动手熟漆。不知从何时起，拌漆和熟制都被机械化了，金属叶片以不变的节奏在巨大漆罐里回转，用恒温热源加热，就能生产出品质均衡的精制漆，于是漆店们开始为漆师生产熟漆了。

对漆师来说，不用自己动手，省了很多麻烦，漆的品质也稳定，再没有比这更方便的事了。但是，这样的漆有多方便，就有多接近工业制品，原有的自然微妙的表情变化消失了。当然，漆的质感终究是个人喜好，没有绝对的优劣标准。但是我觉得，只有追求漆的微妙表情变化，将漆师个人喜好精研到底，才能触摸到漆的天然本质，那里有真正的喜悦。

贵水

冬日少雪，春季天地异常、大地摇撼，夏天酷暑破纪录，2011 年成了特别之年，包括人在内的自然世界仿佛走到了一个转折点。我有预感，也许过些年再回头看，2011 年会被标注上一个特别记号吧。这一年熟的漆里，也会带着这一年的记忆吧。站在刚打开的荒味漆前，我浮想联翩。

我买日本产的荒味漆，通常会按桶买，一桶五贯装（18.75 千克）或三贯装（11.25 千克），至于漆的品质，全靠辻田先生凭经验把关。

辻田先生当着我的面，打开绑在桶上的草绳，取下盖子，揭掉漆表面的蒙纸，闻漆的气味。若是气势强的漆，味道会马上充斥房间各个角落，类似新鲜的水果香气，微微泛着酸味，这时人马上就会知道，这是一罐好漆。接下来，用木制大篦子刮着桶底搅拌，最初一篦，挖出沉淀在桶底的稠物。乳白色中又泛着淡黄和绿色，色彩复杂，闪闪发亮，仿佛黄金色。篦子挖走桶底沉淀的同时，一股透明与乳白交织成细纹状的水流倏然涌上来，*潺潺*流淌。

"赤木，这是贵水。即使是日本漆，也只有特别优质的才有贵水。你得好好看一看。"

"贵水"这个词我很生疏，脑中浮现的是"纯水"二字。水中透明的部分，充满光泽，仿佛明珠，熠熠闪光。也只有亲身和漆直接打交道的人，才有机会看到这么不可思议的水。

"这是树脂中本来含有的水分，会沉到桶底。如果有谁想在荒味漆中掺水增加分量，马上就会露馅，不知为什么，后加的水会浮在漆的表面。"

辻田把桶里的漆搅拌好后，用一个小篦子挖了一点漆，放到培养皿里。

"我们先来烤它一下，这叫烧味，可以测量漆的含水量。"

取精确称重后的 10 克荒味漆放进培养皿，放到小型加热器上，漆开始沸腾冒泡，气泡起初很大，随后越来越细密，漆从乳白色变成了暗紫色。气泡上原本浑浊的膜变得透明。渐渐地沸腾减弱，白烟升起。气泡是荒味漆中的水分蒸发时产生的，气泡消失，说明水分已蒸发殆尽。再次连着培养皿一起称重。烧味漆的重量变成了 7.96 克，就是说水分原本有 2.04 克。换算一下，漆酚 79.6%，水分 20.4%。

烧味完全去除了漆中的水分，但实际上，经过熟制的，用在最后一道上涂工艺中的漆含有 3% 左右的水分。如果完全去除水分，漆是无法干燥的。

"这桶漆的实际成分是 79.6%，再留下 3% 的水分，就是 82.6%，熟漆时这个数据就是目标。"

这次要熟制的漆，是 8 千克荒味漆。目标是 82.6%，那么熟好时漆的重量应为 6.608 千克。漆的实际成分的比例，各有不同，一般来说，越稠越优质。顺便一提，一般情况下中国漆的实际成分比例在 65% ~ 75%，日本漆则在 78% ~ 82%。

经常有人问我，中国漆和日本漆有什么不同，这就是答案。但是，这些数字并不能决定漆的好坏。漆是天然之物，要易干，要结实，还要呈现美感，其特性是漆树生长地的环境决定的。日本漆适合日本气候条件，最适应中国的气候条件的一定是中国漆。有句话叫"身土不二"，漆也一样，"漆土不二"。

另外，供应给日本的中国漆在出口之前，会先集中进行混合调配。城口、毛坝、毕节和安康等主要产地的漆经过混合，产地的个性会更加明显，品质也更稳定。所谓稳定，就是品质差的不见了，极其优秀的也消失了。对于漆匠来说，这样用起来方便。

现在也能在原产地直接买到混合前的高品质"特级漆"了（漆酚 75% 以上），有时甚至还能买到超过 80% 的极品好漆，找到这种漆就好像邂逅了最佳情人。只限在漆的世界里，伴侣和恋人都是多多益善的。

上午 9 点，我们开始熟漆。先把漆的沉淀和分离部分搅拌均匀，搅拌好的荒味漆称量出 8 千克，倒进巨大的熟漆钵里。8 千克的漆体积大约有一水桶那么多。熟漆钵是专门用于熟漆的巨大圆盆，钵体较浅，直径约有成人臂展长，橡木材质，是用一整根木头旋出来的。据说是辻田家祖祖辈辈用下来的东西。能做出这么大一个盆的橡木，矗立在森林时，该是怎样的巨树。

再会之二

倾听素材之声

斜斜竖起熟漆钵。

宽阔又平坦的盆底，朝向刚升至中天的盛夏烈阳。盆底下方沉积着荒味漆。漆还是乳白色。长柄木勺叫作"棹"，木勺顶端没有凹陷，是半月形的平板状，顶端曲线和熟漆钵的圆边严丝合缝。

我站在钵边，双手紧握木棹，让棹的顶端沿着钵边划一圈，把下面沉积的漆舀起来，翻到钵的上方，被翻搅起的漆被太阳晒着，重新落回原处。漆经过太阳炙烤，温度慢慢上升。手法其实非常简单。有时我会跟随阳光照射的方向，调整钵的角度，让阳光始终直射到漆上，最大功效地利用阳光，就像向日葵。剩下的就是永远重复同一个动作，用木棹舀起漆，翻到上面，等待漆自然淌落，如此反复。还会时不时地换一下手。如此反复。

我的身体也在阳光下暴晒，和漆一起变干，晕眩渐生，慢慢地，身体内升起一种安静的节奏感，人与漆的对话开始了。

如果想倾听素材之声，只有尽可能地静立在素材身边，靠近它，平复内心，敞开身体，把自己交给素材。

最先听到的声音，是生命受伤后发出的痛苦悲鸣。人为了自己的利益，划伤树皮，迫使漆树渗出血液般的树脂。人必须在漆树的无声悲鸣前低头，献上自己的心。经过一个夏天的榨取，漆树被慢慢榨干，慢慢杀死。和自然素材直接打交道的工人必须明白这一点：人在杀死生物，以此为食。人必须把这种感悟时刻放在心间，但是人们总是忘记去这么做，我也常忘。这究竟是为什么？

　　这么至关重要的事，以前我没多想过，是后来有一个人告诉我的。那是一位木地师，他说，倾听被人夺去生命的树木之声，思考这个事实，才是人做物的根本依据所在，如果无视这些，就只剩下人的自私和欲望。作为一名工匠，以前一直没有意识到这件事，我多么愚钝。所以，在这个夏天，面对初次相遇的新漆，我在心底深处合起了双掌。荒味漆如血，沉淀在钵底，我必须通过熟制它们，将它们再一次送回到彼岸世界。

　　接受着炽热阳光的缓慢煎熬，单纯反复的搅漆动作，既像祈祷，也像冥思。但实际上，漆不会对我诉说任何事，只是沉默着，注视着我，用巨大无比的眼睛，注视着微小的我。

从东到西

"如果你慢慢地，耐心地熟漆，漆也会变成缓慢而有耐心的漆。急性子的人手忙脚乱，漆也带上了急性子。漆随人变，这就是手工熟漆的妙趣。"

辻田笑眯眯地站在我身边说。每一种漆都饱含着可变的幅度，自然条件随时发生变化，熟漆人有不同性格，从这些因素中诞生出的漆，表情一定是独一无二的。

这种日光熟漆的手法也有地域之分。

大体可以分为东西两种，界线正好在关原一带。特别有意思的是，过年吃的米糕形状是圆的还是方的，东西界线也是关原。东日本的熟漆钵大多是四方形，也有椭圆的。特点是钵底完全平坦。我所在的福井一般用的是圆钵，风格属于西日本。木棹的形状也不一样，东日本用蜻蜓形木棹，钵要斜放，熟漆的人坐在钵的正前方，手握木棹，让T字形顶端抵着钵的平坦底面，把漆推上去。被推到上面的漆再慢慢落回下方。现在轮岛市内的熟漆大多是东日本式的。看来，熟漆手法的东西界线，就在能登和越前之间。

我采买了东西两套装置，在同样的自然条件下一起试做过，发现还是西日本式的适合我。从那以后，每年到了这个时候，我就从东日本移动一点点，到了西日本。

"东边的做法是推，西边的做法是舀，相比之下，西边做法比较能抑制光泽。因为木棹和钵底的接触较少，这样摩擦就小。所以赤木，如果你想尽量抑制漆的光泽，就要慢划木棹，耐心地来。"

从开始熟漆 1 小时过去了，时间将近 10 点，漆从乳白色渐渐变成茶色。漆经过搅拌，开始起泡，仔细观察气泡薄膜，会发现是一种不透明的白色，就像磨花玻璃。

"赤木，要注意观察漆的整体颜色和气泡的透明度，嗯，这是你第 10 年熟漆吧？啊不对，10 年多了吧？我觉得你已经掌握了。"

尽管如此，在我熟漆时辻田依然会在一旁看着，有时候自己上场，换我下来休息一会儿。他精漆工厂的院子里插着小有情调的太阳伞，遮出一块阴凉，保温箱里放满了冰镇饮料。

1999 年我第一次熟漆时，用的是炭火加热的轮岛当地做法，一次熟 2 千克。第二年开始改成了天然日光。从 2000 年到 2005 年，5 年间，我用中国产的特级漆练手。熟漆有时也会失败。偶尔会晒过头，水分不够，成了干不了的漆，白白浪费了。上漆时也一样，有时漆的光泽和黏度不够理想。虽说能从失败中学到教训，但如果用日本漆练手的话，代价实在昂贵。熟制日本漆的工作，我一般交给辻田先生去做，他是干这行的。我暂且用中国漆积累了 5 年经验。从 2006 年开始，日本漆也开始由我自己熟制了。

在何处停止

"差不多了，光泽已经稳定下来，你动作再快一点也没关系。"

过了 11 点，漆从深茶色变成了泛紫色，漆液也开始变得透明，但气泡依旧是乳白色。

"接下来是最至关重要的。"

"现在的漆的状态，当作中涂漆的话，差不多可以了吧？"

"还差一点点。"

辻田先生似乎有个我看不见的感应器，能基本准确地感应出漆的水分含量。漆在阳光炙烤下慢慢升温，水分也一直在蒸发，原本的两成水分，现在看样子似已降到 6%、7% 左右。如果到了 5%，就可以当作中涂漆了。中涂漆用在打底和上涂的中间步骤，水分多，干燥快。

辻田先生把电子温度计插进漆里，温度显示 38 摄氏度，比人的体温微高。不一会儿，上升到了 39 摄氏度。

"马上就到中涂漆了，请你记录一下，温度每升 1 摄氏度，需要多少时间。"

"从 38 摄氏度升到 39 摄氏度用了 7 分钟。"

5 分钟后上升到了 40 摄氏度。

"水分减少后，温度上升就会突然加速。"

辻田先生的表情开始紧张起来，从现在开始，要判断水分含量在何时正好降到 3%，这才是最难的。不能少于 3%，也不能多，必须准确无误。判断条件有很多，如漆液的整体颜色、气泡的透明度、温度上升的速度等。

升到 41 摄氏度花了 3 分钟。

"这就快了，是让漆升到 42 摄氏度，还是在升温之前下手，输赢就看现在了。"

他迅速用小篦子沾取一点漆刷到玻璃板上，漆刷上去的瞬间还微微泛着白，顷刻就变得透明。

他急促地说："还差一点点，稍等！"再次用小篦取漆，然后把小篦挂到大篦上，让漆液流过去。斜放到大篦上的漆开始缓慢流淌，辻田目不转睛地盯着流动着漆的表面，漆流淌到大篦上，呈现出的瞬息表情变化，就是判断漆是否熟好的关键。辻田先生就那么用同一种姿势，几次取漆，认真细看。

几厘米长的漆液表面上，透明部分和乳白部分开始分离，变化瞬息发生。浮在茶褐色半透明漆液上的细微气泡流动着落下的瞬间，变

精制前的荒味漆

成极其微小的白泡，裂成细小纹路。多年经验让他知道，是水分的多少，决定了纹路和纹路的间隔。他想尽量把这种不可言说的感觉传达给我。但是我看到了熟漆完毕的决定性瞬间，却无论如何也找不到准确的语言将其记录下来。我唯一能说的是，人必须心无旁骛，去注视漆，听声，观色，用手去敏锐感触，集中五感去感受，只要去感受就够了。

"好了！"

他这句话刚一说出，我手中划动漆液的木棹忽然失去了抵抗力，一下子轻盈起来，搅动漆时发出的闷声随之变得清脆而纤细，像在发出信号。

此时就是漆熟好的一瞬。一个荒凉裸露的生命得到净化，重现新生。荒味漆和熟好的漆可以说是两种完全不一样的东西。

精制过程中的荒味漆

太阳和漆

中午 12 点 10 分，长达 3 小时 10 分钟的第一轮熟漆结束了。熟好的漆被迅速转移进桶里，称重，6.592 千克。比目标的 6.608 千克少 16 克。由此推断出现在的含水比例是 2.8%。

"就晚了一口气呀。下一次动作再快一点就能刚刚好了。"

辻田先生和我一起舒心地笑出来，匆匆吃过午饭，开始第二轮熟漆。和早晨一样，取 8 千克漆倒进钵里。

"因为钵是温热的，第二轮要比第一轮快。"

"那干完了我们找个地方去喝杯啤酒吧！"

但事情往往不尽如人意。下午天空开始有云，太阳经常躲进云层里，理所当然，熟漆速度也慢下来，慢慢地，太阳走到了西边。

"这样下去，活儿没干完太阳已经落山了，怎么办？"

"那就用电热器，直到把漆熟好。"

辻田先生开始拉电线，准备红外线加热器。熟漆钵现在的方向和上午相反，伸展着身体尽可能地晒着太阳。阳光开始斜照时，云终于散了。

"现在这样子，说不定来得及赶在日落之前把活做完。"

"现在已经干了4个小时了，时间延长会不会影响效果？"

"漆会多少黏稠一点。"

"是这样啊，但是这个漆原本就比较稀，看来影响不大。"

两人的影子越来越长，太阳光的热度渐渐回落，我们把漆的温度控制在人的体温上下，让变化消失，但蒸发依旧在缓慢进行。只要耐心等候，即使多花点时间，终归能见到成果。不知为什么，对此我很有信心。

"对了，辻田先生，为什么这一带还保留着这么多漆店呀？"

"这一带的地名，叫越前市朽饭。朽饭大概指的是朝鲜半岛百济，过去这一带很多人家靠纺织为生，技术可能是从朝鲜半岛和中国传过来的。"

"福井距离朝鲜半岛很近嘛。"

"对，同样，越前还有做刀具的传统，人家都说做漆时用的刀具，福井产的是最好的。"

"看来纺织也好金属加工也罢，都是朝鲜半岛过来的技术。"

"过去从越前到东北有一条路，越前人把刀具运到东北，换回生漆，这一带集中了河和田、山中、加贺、轮岛和高岗等漆器产地。"

"真是一条漆之路呀。"

现在我之所以在这个叫作朽饭的地方熟着漆，看来是因缘结果，全拜世世代代的生活积累所赐。

熟漆的历史更加久远。绳纹时代的古物上已有熟漆的痕迹。那时的热源当然和现在一样，都是太阳。绳纹人把漆树树脂放到太阳下暴晒，加以精制，让漆树树脂变成透明液体，这种技术他们究竟是怎么发现的呢？我看着亘古不变的太阳，冥想着穿越数千年的时间。漆的技术，在遥远的旧石器时代就已经在传承了。

"差不多快好了。"

绳纹残照依旧当空，森林回复寂静，蝉鸣响起，回荡在四周。太阳即将碰到山巅时，辻田先生发出一声："好了，就是它了！"停下了手中的木棹。漆静静回落，刚刚熟好的漆沉积到钵底。不久前还在起泡的液体现在饱含了大气之光，变得沉静。

我想，此漆应该记忆了今天的壮美夕阳、宁静蝉鸣和初起的晚风。不，还不止这些。还有几千个夏天里，日本无数地方世世代代人与漆相交之姿，这些身影排列成行，出现在我面前，让我感知。此漆，既是忘记祈祷、傲慢自大的一代人引发了可怕的核电站事故的 2011 年之漆，也是绳纹之漆。

我再一次与你相会了。同时，世界也出现在我眼前。我想此漆会穿越过去和现在，穿越未来，将一切连接。5000 年前住在森林中的人是什么模样，我就能变成什么模样。

这一天的第二轮熟漆，开始于中午 12 点 30 分，傍晚 5 点 40 分结束，用了 5 小时 10 分钟。去除木屑杂质后，漆被装桶封印，放进轮岛工坊里的专用仓库静置 3～5 年。在这几年时间里，它会呼吸着慢慢适应环境，不知再见此漆时，将是何年。

亦不知那时，这个从绳纹时代延续至今的国家，又将是怎样一副模样。

图书在版编目（CIP）数据

无名的道路 /（日）赤木明登著；蕾克译 . -- 长沙：湖南美术出版社，2017.10
ISBN 978-7-5356-8142-3

Ⅰ . ①无… Ⅱ . ①赤… ②蕾… Ⅲ . ①散文集—日本—现代 Ⅳ . ① I313.65

中国版本图书馆 CIP 数据核字 (2017) 第 214874 号

Namae no Nai Michi by Akito Akagi
Copyright © Akito Akagi 2012
All Rights reserved.
Originally published in Japan by SHINCHOSHA PUBLISHING CO., Ltd., Tokyo.
Chinese (in simplified character only) translation rights arranged with
SHINCHOSHA PUBLISHING CO., Ltd., Tokyo, Japan.
through CREEK & RIVER Co., Ltd. and CREEK & RIVER SHANGHAI Co., Ltd.
著作权合同登记号：18-2016-177

无名的道路
WUMING DE DAOLU
[日] 赤木明登 著　蕾克 译

出 版 人　李小山
出 品 人　陈　垦
出 品 方　中南出版传媒集团股份有限公司
　　　　　上海浦睿文化传播有限公司
　　　　　上海市巨鹿路 417 号 705 室 (200020)
责 任 编 辑　张抱朴
特 约 编 辑　赵恭宏
责 任 印 制　王　磊
出 版 发 行　湖南美术出版社
　　　　　长沙市雨花区东二环一段 622 号 (410016)
网　　　址　www.arts-press.com
经　　　销　湖南省新华书店
印　　　刷　恒美印务 (广州) 有限公司

开本：889mm×1194mm 1/32　　印张：5.75　　字数：60 千字
版次：2017 年 10 月第 1 版　　印次：2017 年 10 月第 1 次印刷
书号：ISBN 978-7-5356-8142-3　　定价：59.00 元

摄影

雨宫秀也 ｜ 下记以外

松藤庄平 ｜ 7、10、140 页

PPS通信 ｜ 23、25页

英国剑桥大学茶壶院画廊 ｜ 40页

DIC川村纪念美术馆 ｜ 44页

筒口直弘 ｜ 62、143页

野中昭夫 ｜ 67页

广濑达郎 ｜ 100页

出　品：陈　垦

策 划 人：张逸雯

监　制：余　西　吕　昊

出版统筹：戴　涛

编　辑：姚钰媛

美术编辑：王　媚

投稿邮箱：insightbook@126.com

新浪微博：@浦睿文化